LETTRES

D'UN INDIEN A PARIS,

A SON AMI GLAZIR,

Sur les Mœurs Françoises, & sur les Bizarreries du tems.

Par l'Auteur des Lettres récréatives & morales.

TOME PREMIER.

A AMSTERDAM;

Et se trouve A PARIS,

Chez BRIAND, Libraire, hôtel de Villiers, rue Pavé Saint-André-des-Arts, N°. 22.

1789.

LETTRES

D'UN INDIEN A PARIS,

A SON AMI GLAZIR.

LETTRES D'UN INDIEN A PARIS, A SON AMI GLAZIR,

SUR les mœurs françoises, & sur les bizarreries du tems.

LETTRE PREMIERE.

De Zator à son ami Glazir.

TOURMENTÉ dès ma tendre jeunesse du desir de voir Paris, dont un aimable François relevoit avec enthousiasme les avantages & les attraits, je succombe enfin à la tentation. Il est sans doute étrange que, malgré notre intimité, je t'aie célé le moment du départ ; mais autant je ſuis courageux dans les combats, autant je ſuis poltron quand il s'agit de faire des adieux ; je charge cette miſſive des miens.

Si j'ai pu te contriſter par ma fuite précipitée, tu en es bien vengé. Notre ſéparation fait déjà mon ſupplice, & le tems ne m'offre plus que des jours qui me ſemblent des années. Qu'il eſt long quand on vit éloigné de ce qu'on aime !

Nos bois, nos forts, nos rochers, théâtre de nos plaiſirs innocens, fatiguent ſans ceſſe mon imagination, par le regret que j'ai de ne plus les voir. Hélas ! ils ſont près de toi, & j'en ſuis maintenant à plus de cent coſſes, (lieues du pays).

Fatalité qui nous entraînes, es-tu donc l'ouvrage du haſard, ou celui du grand Être ? Notre radieux prophete nous impofa filence fur cet impénétrable myftere, & je me tais.

Je voudrois avoir déjà parcouru la France pour revenir plus vîte ; & je voudrois encore être à Scheringapatnan, que le fouvenir d'y avoir vu le grand Haider Aly me rendra toujours cher. Une patrie qu'on adore ne fe perd jamais de vue fans exciter des regrets. On fe perfuade dans les pays lointains que nous autres Indiens ne pleurons jamais ; eh qui eut le cœur plus tendre qu'un difciple de Mahomet ! L'Alcoran n'eft admirable que parce qu'il recommande à chaque page la bienfaifance & l'hofpitalité.

Perfonne d'ailleurs n'eft plus aimant que moi, j'en juge par l'amour que j'ai pour mes femmes, par l'amitié que j'eus toujours pour toi.

Que notre grand prophete me deffeche comme ces arbres que la vétufté dépouille de leurs feuilles, fi je viens à t'oublier. Nos premiers jours se passerent ensemble ; où s'écouleront nos derniers ? Gouffre immense qu'on ne peut sonder, & qui rend la vie de l'homme une complication d'incertitudes & de chagrins !

Je te prie, au nom de l'Alcoran sur lequel je te jure une amitié éternelle, de remettre au plutôt cette lettre à mes femmes ; elles savent seulement que je suis parti, & je leur donne ici des raisons qui soulageront leur douleur.

Non, je n'aurois jamais pu résister aux pleurs, aux sanglots, aux reproches, aux défaillances dont un adieu m'eût rendu témoin. Je me suis représenté ma maison dans la plus profonde consternation, & ce terrible coup-d'œil, j'ai voulu l'éviter.

M. Buron, cet honnête françois, qui a passé si long-tems parmi nous, qui connoît nos mœurs comme celles de ſon pays, qui parle l'indien comme ſa propre langue, & qui les traduit toutes les deux avec la même facilité, m'accompagne dans ce long voyage, & j'en ſuis ravi. Il doit mettre en françois toutes les obſervations que je t'adreſſerai, & m'entretenir dans l'habitude de le parler.

Je te l'ai promis, & la parole d'un Indien eſt ſacrée, que ſi jamais je venois à quitter nos parages, j'établirois une correſpondance réguliere entre nous.

Je n'interromprai celle-ci ni ſur terre, ni ſur mer, & quand je n'aurai plus d'autre perſpective que le ciel & l'eau, ma plume ſera ma reſſource, & ton ſouvenir ma conſolation.

Mais on vient m'avertir que je touche au moment qui va nous tranſporter loin du continent. Je t'embraſſe mille fois; & s'il eſt écrit que je dois expirer au ſein des mers, reçois cette lettre comme le dernier ſceau de mon amitié, & ſouviens-toi de ton pauvre ami Zator.

Ce qu'il y a de sûr, c'eſt que dans quelque endroit où ma carriere finiſſe, tu auras part à mon dernier ſoupir; tu es trop avant dans mon cœur pour que je puiſſe t'oublier. Un ami qui tient à mon exiſtence, ne peut que demeurer éternellement avec moi. Toutes les lettres que je t'écrirai ſur mer, ne t'apprendront rien de nouveau, mais elles me ſoutiendront dans la traverſée, je croirai te voir, je croirai t'entendre, je croirai te parler. Buron te ſalue de tout ſon cœur, mes deux eſclaves te baiſent les pieds. Adieu, je pars ſous la garde de notre divin prophete, & en préſence du plus ſuperbe ſoleil.

LETTRE II.

De Zator à Glazir.

Les minutes, les secondes mêmes, ont pour moi la longueur des jours depuis que je ne te vois plus. J'ai beau charger la lune de me redire ce que nous lui confiâmes mille fois dans le silence de ces belles nuits qui n'existent que dans l'Inde, elle est sourde à ma voix ; elle se contente d'argenter les mers que je parcours ; du moins si elle pouvoit aller de ma part te faire un message, mais ton cœur y suppléera, & je suis tranquille.

Je présume que tu auras remis le billet que je t'adressai pour la divine Amisor que le ciel destine à mon neveu. L'adieu que je lui fis décolora ses joues. Funeste adieu ! quels détours ne fallut-il pas employer pour la prévenir sur ma longue absence. Les Européens ne connoissent point cette gêne. En sont-ils plus heureux? Pour moi je pense que l'amour n'agit fortement sur l'ame que lorsqu'ils est environné d'obstacles. Des objets qu'on rencontre sans difficulté, deviennent insipides. Aussi ne voit-on point de roman où il n'y ait des torrens à traverser, des murs à franchir, des ennemis à vaincre.

O Glazir! une tempête se prépare; & peut-être me mettra-t-elle hors d'état de t'en jamais parler. J'ai tout prévu, je m'attends à tout.

Du milieu des Mers, ce 3 de la lune de Chelval.

LETTRE III.

A Glazir.

Je l'ai vue toute la nuit ; oui je l'ai vue celle qui doit être mon aimable niece, celle que notre grand prophete eût honoré lui-même de sa bienveillance, tant elle est vertueuse & belle. Ah ! si jamais elle entre dans ma famille, elle sera la vie de ma vie, comme je serai la sienne. Hélas ! que fait-elle à présent ? sans doute assise aux pieds de sa mere, le seul être qu'elle sait maintenant aimer ; elle essaie son cœur à chérir quelque jour un époux. Lui as-tu remis ces rubans entrelacés, emblême de mes pensées, qui toutes s'enchaînent pour elle jusqu'au moment où son cœur lui-même s'enchaînera. Elle plane au sein de l'innocence, & je me crois assez sûr de mon neveu pour protester qu'il ne l'en détachera jamais. Une ame pure est le seul spectacle qui fixe les regards de l'Éternel.

Depuis que je navigue, mon cher Glazir, la mer est tantôt menaçant le ciel, tantôt prête à rompre ses digues, & encore le monde est-il moins tranquille, lui dont les passions bien plus tumultueuses que les flots mettent toutes nos facultés en désordre.

Tu sais ce qu'elles ont opéré dans l'Inde depuis quarante ans; mille débris l'attestent; & le sang d'un million d'hommes qui a rougi nos contrées, en est la triste preuve. Continuera-t-on toujours à s'égorger pour des royaumes où le plus redoutable conquérant n'a que six pieds de terre à prétendre. Adieu.

Du sein des orages, ce 5 de la lune de Chelval 1788.

LETTRE IV.

A Glazir.

Je t'écris, & je te récris sans savoir ni quand ni comment mes lettres te parviendront. Tu les recevras par douzaine. Je sais d'avance comme tu me répondras, parce que ton cœur fera la réponse. Je m'y suis logé de maniere à connoître tous ses secrets & tous ses replis. Les Européens qui se disent si policés, ont-ils entre amis cette heureuse intimité? Il faut moins d'esprit & moins d'apprêt quand on veut connoître les délices de l'amitié. La nôtre deviendroit le tourment de mon ame, si je n'espérois te revoir. La belle chose que l'espérance, c'est le trésor des ames bien nées; on se fait par son moyen des bonheurs inconcevables.

Il y a dans notre palais flottant toutes les folies & toutes les raisons, tous les vices & toutes les vertus; on y compte les histoires les plus étonnantes; chacun a son roman. Point d'homme en effet, pour peu qu'il ait vécu, qui n'ait en lui-même le sujet d'un livre curieux. Il suffit de s'extraire pour mettre au dehors les plus singulieres aventures, ou les plus burlesques idées. Que de rêves bizarres pour chacun de nous pendant l'espace qui compose le jour & la nuit! On n'en suspendit le cours qu'en imaginant des sciences qui appliquent, qu'en établissant des regles qui fixent.

Je commence à m'appercevoir que les voyages donnent le plus vif ressort à l'ame, ainsi qu'aux sens. Déjà mes pensées vagabondes errent dans tous les climats. Admirable jeu de l'esprit, qui n'a besoin, pour se transporter d'un endroit à l'autre, ni de la mobilité des nuages, ni du véhicule des vents. Hélas! hélas! j'avois quitté ma lettre, & je la reprends pour te peindre la terrible situation d'un vieillard qui vient de voir son fils unique se précipiter dans la mer. Il lui a malheureusement dit qu'il ne consentiroit jamais à le voir l'époux d'une fille qui l'adoroit, & qui étoit plébéienne; & il n'en a pas fallu davantage pour troubler sa raison. Plus ce fils infortuné lui représentoit qu'elle avoit toutes les vertus possibles, que son ame étoit pure comme les rayons du soleil, & plus le pere lui répondoit qu'elle étoit nulle à ses yeux, parce qu'elle avoit le malheur d'être née roturiere.

Ah! mon cher Glazir, une naissance d'aventure peut-elle donc mettre tant de différence parmi les hommes? Heureux les Indiens qui ne connoissent que le bonheur d'appartenir à la nature ſon & à notre grand prophete ! Combien cette chimérique nobleſſe n'a-t-elle pas cauſé de malheurs ! En introduiſant les titres, elle introduiſit le mépris ; & le ſeigneur aima mieux carreſſer ſon cheval ou ſon chien, que de faire le moindre accueil à celui qui n'eſt pas né noble. Je m'attends à voir bien des originalités dans ce genre, & j'eſpere bien en rire avec toi, en gémiſſant néanmoins ſur les vers de la pauvre eſpece humaine.

L'orage que je t'annonçai boulverſa mon ame & la mer ; je ne vis que la mort, & je la vis ſous les aſpects les plus effrayans : j'en frémis encore.

Du milieu des Mers, le 1 de la lune de Zilcadé 1788.

LETTRE V.

A Glazir.

JE colle mon ame ſur ce papier pour te prouver tout mon attachement ; mais quand te parviendra-t-il ? Que de révolutions dans l'univers avant qu'il t'ait atteint ! Quand je penſe qu'il n'y a pas une minute dans le monde qui ne ſoit marquée par de grands événemens ; je me vois ſur le théâtre le plus mobile & le plus varié.

Me voilà bientôt à l'île de France, où de nouvelles mœurs vont m'apprendre qu'on peut vivre ſans être Indien, & qu'il y a d'autres religions que celle de Mahomet. Je paſſai hier ma journée à voir jouer aux échecs, le plus fidele tableau des jeux de la fortune, qui place l'un valet, l'autre monarque, avec la différence que ſes combinaiſons ne ſont pas toujours auſſi juſtes. On a ſagement imaginé de lui donner un bandeau, comme à l'amour. Il n'y a que la vertu qu'on ne peut aveugler, quoiqu'elle ſoit ſans défiance.

Où tes pas t'auront-ils conduit aujourd'hui, ou plutôt ta ſageſſe? Le ciel t'aura vu répandre comme lui un jour bienfaiſant ſur les malheureux. On n'exiſte qu'autant qu'on eſt humain. L'homme inutile eſt moins que le bœuf qui laboure ſon champ, moins que le chameau dont il fait ſa monture.

Mes femmes, depuis mon abſence, ont-elles paru me regretter? Que notre prophete qui veille à leur conſervation ſoit toujours leur protecteur & leur guide; ſur-tout, mon cher Glazir, prends garde que la déſunion ne ſe mette entr'elles.

La poligamie a plus de déſavantages

ges que l'unité d'une épouſe. L'amour ſe partage inégalement, la jalouſie s'en mêle, & tu ſais à quel excès ſe porte la fureur d'une femme envieuſe; tu te ſouviens encore de celle qui dans ſa rage immola ſon propre enfant ſous les yeux de ſon mari (notre cher Iſmaël), & qui ſe détruiſit enſuite elle même; malheurs qui parmi nous, ne ſont que trop ordinaires.

Juſqu'à ce que j'aie des nouvelles à t'apprendre, mes lettres reſſemblent à ces champs arides où l'on ne trouve que des ſables & des herbes inutiles. Toujours le ciel, toujours la mer, ſpectacle ſans doute admirable, mais qui devient indifférent par l'habitude où l'on eſt de le voir.

Cependant quoiqu'avec très-peu d'aſtronomie, j'en fais mon étude & mon amuſement. Je crois voir dans les planettes tous ceux qui ne ſont plus, & que nous avons connu ; les mélancoliques dans Saturne, les amoureux dans Vénus, les turbulens dans Mars, à moins que le paſſage de ce monde à l'autre, operant des révolutions, les flegmatiques n'aient pour habitation une planette chaude, les colériques au contraire une planette froide, mais cela nous reſte à ſavoir & nous pouvons en être inſtruits dans un clin-d'œil ; car enfin un ſi long voyage n'eſt que l'affaire d'une ſeconde. Les ames voyagent vîte, diſoit notre fameux philoſophe Bagdat. Quel malheur qu'il n'ait pas continué ſon ouvrage, il étoit plein de feu. Je ne connois point encore le génie des Européens, mais quand le nôtre s'exalte, il eſt au moins d'un tiers dans la chaleur du ſoleil.

Adieu : que la roſée du ciel t'imbibe de ſa délicieuſe ſuavité ; ma prunelle ne m'eſt point auſſi chere que ton amitié.

LETTRE VI.

A Glazir.

Enfin nous voilà transſportés dans cette île qui porte le nom de France, & qui en eſt ſans doute l'avant goût. Je m'y trouve au milieu des fleurs les plus odorantes, des fruits les plus exquis, des habitans qui me paroiſſent les plus doux, & les plus polis. L'Éternel veuille que ces qualités ne ſoit point aux dépens de la franchiſe & que les déhors ne ſoient pas emmiélés pour faire paſſer l'amertume.

Si je ne connoiſſois pas l'Inde, ce lieu me plairoit infiniment. Le ſexe n'y vit point renfermé comme chez nous. Les femmes y ſont de magnifiques orangers expoſés au grand air. Elles ont une vivacité de langue, &

d'esprit qui charme & qui effraie. L'on est dans le centre de la séduction, quand on fréquentes des femmes trop aimables. Je serois tenté de leur dire moins de graces, & plus de simplicité. J'aime la femme qui sort des mains de la nature, & non celle que l'art a créée.

On a fait tous ses efforts pour me faire boire de cette liqueur enivrante, qu'à justement proscrite notre saint prophete. Ne crains rien, cher Glazir, on ne vaincra pas ma résistance. Toujours fidelle à ma loi; je ne profanerai point mon ame par des complaisances criminelles. Il est juste de pratiquer ce que nous exigeons si rigoureusement de ceux qui nous servent. Je demanderois presque, à tout le monde si on te connoit, mes lévres étant toujours prêtes à prononçer les noms qui sont écrits dans mon cœur.

N'oublie pas de faire paſſer à Amiſor un ſoupir de ma part, tu doubleras mon exiſtence, ſi tu m'apprends qu'elle l'a reçu avec émotion, ſes joues t'en avertiront. Pour peu qu'elles rougiſſent, je ſuis aimé.

De l'île de France, le 10 de la lune de Zithage 1788.

LETTRE VII.

A Glazir.

On me parle ſans ceſſe d'Hyder-Aly, & l'on m'en parle ſi diverſement, que cela fait deux hommes abſolument différens. On dit qu'il ne paroît quelquefois adoucir ſes mœurs, que parce qu'il avoit fréquenté des François. Ah! mon cher, je ne puis ſouffrir qu'on nous enleve juſqu'à l'avantage d'être humain.

Les François ſont ſans doute aimables, mais il ſeroit bien triſte pour toutes les nations, qu'on ne pût l'être que par eux.

Il y a un petit homme plein de lui-même, qui a bien oſé me dire, que le plus grand mal de notre prophete, étoit de n'être pas né François. Je restai quelques minutes en ſuſpens, entre le rire & l'indignation, & j'ai fini par m'en amuſer.

Nous l'aurions fait religieux, me dit un Dervis de la ſecte chrétienne, qui ſe trouvoit là, & nous l'appellerions aujourd'hui, le révérend pere Mahomet, ſur-tout s'il avoit été Cuſtode ou Provincial; c'eſt-à-dire, lui repliquai-je, que c'eſt un grand honneur, le plus grand, me répondit-il, auquel un homme puiſſe atteindre, à moins qu'il ne devienne Général.

Je m'apperçus que l'humilité attachée à ſa robe, alloit inſenſiblement le quitter, car je voyois ſon orgueil monter par degrés d'une maniere étrange. Dira-t-on d'après cela qu'Hyder Aly avoit eu tort d'être fier.

Il paroît qu'il a ſingulierement intéreſſé les pays étrangers. Les femmes mêmes en parlent de maniere à perſuader qu'elles en étoient amoureuſes. Je n'en ſuis point ſurpris, depuis qu'on m'a raconté qu'une charmante eſpagnole mourut autrefois de langueur, de n'avoir pu prodiguer ſes faveurs à César; elle en étoit idolâtre. Elle fit tout au monde pour le voir, par le moyen des nécromanciers. Nos Indiennes ne ſont pas ſi folles, il leur faut des amans plus rapprochés. Je m'imagine que tu entretiens ma niece dans ſa perſévérance à m'aimer. Son ame toute neuve eſt ſuſceptible de bonnes impreſſions. Je t'embraſſe: mon cœur ira te le dire au-delà des mers.

De l'île de France, le 3 de la lune de Maharran 1788.

LETTRE

LETTRE VIII.

A Glazir.

L'ILE de Bourbon voisine de celle où j'ai débarqué, quoique sujette à des ouragans, jouit de l'air le plus pur; on diroit qu'elle est consanguine des Indes, si on l'envisage de ce coté là. Elle se nommoit originairement Mascaregne, du nom du navigateur Portugais, qui en fit la conquête. Elle passa en 1653, sous la domination des François, qui en font parfaitement les honneurs par leur politesse, & par leur aménité; quoique naturellement questionneurs, ils me charment par leurs manieres agréables, & par la légereté de leur esprit; ce sera bien autre chose quand je verrai leur capitale, attendu que les mœurs n'y prennent point la teinte des pays étrangers.

On dit qu'il arrive souvent dans ces îles de France & de Bourbon, des aventuriers, dont on ne connoît ni l'existence, ni l'origine; mais qui se sauvent de tous les embaras par le moyen de l'intrigue & de l'insinuation. Ils font connoissance avec une femme après un seul quart d'heure d'entrevue, ils deviennent ses amis après un jour d'entretien, & quelquefois époux après une semaine d'assiduités. Les titres ne leur manquent pas, & ils en ont, d'autant plus facilement, qu'ils se les donnent eux-mêmes, se créant comtes & barons, à volonté. Leur langage est la séduction même, de sorte que si la métempsicose à lieu, ils passent de préférence dans le corps des syrenes.

On m'a mis à portée de converser avec un de ces êtres singuliers. Je ne voudrois point d'autre comédie pour m'amuser ; il a pris tous les tons pour me faire parler, montant son esprit, & l'abaissant selon les sujets qu'il a voulu traiter. Il enchâsse si bien ses mots, qu'on le croit profond, quoiqu'il soit extrêmement superficiel. Il m'a raconté des aventures incroyables qui lui sont arrivées, sur-tout celle d'une certaine nuit, où il se vit enlevé par trois femmes de qualité, qui se disputoient l'honneur de le posséder. On pense bien, m'a-t-il dit, qu'elles étoient Italiennes, car il n'y a qu'elles en fait d'amour capables de ce merveilleux excès. L'Angloise est trop froide, la Françoise trop volubile, l'Allemande trop indifférente. L'Amour en Italie, semble avoir eu pour foyer le mont Vésuve, volcan le plus impétueux, & souvent le plus malfaisant.

On nous a servi un dîner magnifique, felon l'expreffion du pays, c'eft-à-dire, que le repas étoit par compartimens, & qu'on y mangeoit avec un ordre fymétrique. Il y a une chronologie pour les mets, comme pour les faits hiftoriques. Ils ne peuvent venir qu'ils ne foient appellés par ordre, fans cela ce feroit un crime de leze-fociété.

Qu'elle différence entre cette méthode, & notre maniere de procéder; cependant je ferois bien faché que nos coutumes fuffent celles de tout le monde. La variété des ufages m'intéreffe encore plus que celle des fleurs. Il y a des peuples qui leur reffemblent, par l'éclat plus ou moins vif qui les annonce. Tu fais que felon la penfée d'un de nos écrivains, le monde moral eft un vafte champ où il y a des plantes de toute efpece.

Un François qui fe rend à Pondichéry, & avec lequel j'eus hier un long entretien, ne pouvoit pas se persuader que nous avions des lettrés; comme si le créateur avoit dispensé les Indiens décrire, & de penser. Il me paroît déjà que c'est une faute ineffaçable d'être né à six milles lieues de la France. Ah! mon cher Glazir, que les jugemens de la plupart des hommes sont bizarres; plus on voyage plus on s'en apperçoit. Je commence à reconnoître que j'aurois été une collection de préjugés, si je n'eusse pas eu le courage de quitter le pays. On ne rend jamais les choses telles qu'elles sont, & ce n'est qu'en voyant par soi-même, qu'on trouve le moyen de s'élever d'une maniere certaine. Adieu, je te donne ce baiser de prédilection, qui caractérise les ames heureuses, & qui est le signe de la véritable amitié.

De l'île de Bourbon, le 4 de la lune de Maharran 1788.

LETTRE IX.

À Glazir.

Mon ame n'existe plus qu'à demi, depuis que je suis privé de la lumiere de ton esprit. Je m'apperçois à tout instant de cette funeste privation, mais une force irrésistible m'entraînoit dans les pays lointains. Heureux si je n'y prends que des vertus, tandis que la plupart des hommes ne voyagent que pour acheter des vices.

Je viens de dîner avec un de ces hommes que les Chrétiens appellent Religieux, & qu'ils regardent comme des êtres célestes. Il s'en faut bien qu'ils soient pénitens comme nos Derwis; il a mangé prodigieusement, bu de même, & le tout pour la gloire de Dieu. Sa conversation n'avoit rien de révoltant, mais elle pouvoit être plus décente. Il m'a paru que son intérêt personnel influoit encore plus sur son voyage, que l'amour de la religion.

L'on me dit, pour me faire revenir de ma surprise, que c'étoit beaucoup dans le siecle où nous sommes quand la religion entroit pour la plus petite chose dans une affaire, qu'il n'y avoit plus ni principe ni loi : celle de notre prophete ne varie pas de même, mon cher Glazir.

Il me paroît que les fruits n'ont point ici la saveur des nôtres. Je ne voudrois pas jurer que ce ne fût un effet de la prévention avantageuse qu'on a pour sa patrie. Réflexion qui me fait croire que je trouverai à mon retour des édifices que je crois maintenant immenses, & qui ne me paroîtront plus rien quand j'en aurai vu d'autres. Tout semble colossal dans la jeunesse,

& tout décroît à mesure qu'on avance en âge.

L'usage de trouver par-tout des femmes, me paroît tellement extraordinaire, que je n'en reviens pas. Il me semble néanmoins que c'est beaucoup plus sage, par la raison, que la femme étant la moitié de nous-mêmes, ne devroit pas différer de notre maniere de vivre. Il n'est pas naturel que nous soyons leurs geoliers, & qu'elles n'existent que pour notre amusement, & pour nos fantaisies.

Aussi m'a-t-on fait observer que nous étions beaucoup moins amis des femmes que nous ne le paroissions; premierement, parce que, sous prétexte d'un amour ardent, nous les tenons captives; secondement, parce qu'on se lasse d'aimer, quand on voit continuellement l'objet qu'on chérit; troisiemement enfin, parce que notre cœur se partageant pour pluſieurs, nous ne pouvons avoir qu'un quart ou qu'un huitieme d'amour pour chacune d'elle. Je t'avoue que, malgré le profond reſpect dont je ſuis pénétré pour les inſtitutions de notre grand prophete, je n'ai pas eu le courage de combattre de pareilles objections.

Il paroît, à vue de pays, qu'il n'y a qu'un milliard d'hommes ſur la terre habitable, & l'on a peine à concevoir la multitude innombrable de ſectes qui les diviſent. La ſeule Angleterre, dit-on, en compte plus de ſoixante. Encore ſi cela n'altéroit point l'amour qui doit les unir; mais ils ſe déchirent à proportion qu'ils ſe croient plus près de la divinité, comme ſi le Créateur pouvoit voir d'un bon œil ceux qui ſont ennemis les uns des autres.

Je me fais une fête de recevoir de tes nouvelles au cap de Bonne-Eſpérance; elles feront reverdir mon ame, comme la rosée fait revivre les plantes ; mon esprit a besoin d'être vivifié par le tien. J'aurois beau vouloir m'attacher à d'autres personnes qu'à toi, ce seroit peine inutile ; mon ame ressemble au lierre qui ne s'unit qu'aux arbres qui lui sont analogues.

Le 2 de la lune de Sapher 1788.

LETTRE X.

A Glazir.

ENFIN nous ſommes au moment de nous embarquer pour le cap de Bonne-Eſpérance ; de ſorte que nous devons avoir le ferme eſpoir de nous y rendre. Il ne porte pas le nom de Bonne-Eſpérance pour rien.

Nous courons maintenant les mers, & me voilà de nouveau entre l'onde & l'air, dominés par les nuages, ſubjugués par les vents, abandonnés à tous les haſards.

Je ne ſerois pas fâché de voir une belle tempête mêlée de pluie & de feu ; il y a dans ce coup-d'œil une grandeur qui en impoſe. C'eſt pourquoi certain poëte Romain ne faiſoit pas difficulté d'avouer qu'il croyoit à

Jupiter, lorſque le tonnerre commençoit à gronder.

La nature eſt ſi belle, que juſque dans ſes déſordres mêmes elle conſerve de la majeſté. Les débris de ce qu'elle renverſe, les ruines de ce qu'elle a détruit, ont quelque choſe d'impoſant, excepté ceux de nos corps qui ſont hideux, & qui bleſſent la vue : ſans doute le Créateur, en nous réduiſant en poudre à travers les images effrayantes de la corruption, aura voulu rabattre notre orgueil, & nous apprendre qu'il n'y avoit réellement que lui qui fut Roi de l'univers, malgré ce titre pompeux que nous oſons fierement nous donner.

J'ai fait proviſion de quelques livres qui m'intéreſſent. Rien de plus agréable dans le cours de la vie que de marier la lecture avec la converſation. Mes yeux viennent de tomber ſur un de ces systêmes qui veulent tout expliquer, & qui ne prouvent rien ; mais l'Auteur, tout en soutenant des sophismes, dit de grandes vérités, & d'ailleurs il y a tant d'esprit dans ce qu'il expose, qu'on seroit de son avis, s'il en avoit un. Il ressemble à ces peintres, dont les figures mal dessinées passent à la faveur d'une superbe draperie.

Il prétend que le grand Être, en formant l'univers, n'eut autre chose à faire que de créer l'eau que la vapeur qui s'en éleva devint l'air, que le sédiment constitua la terre sur laquelle nous marchons ; & que comme il y a du feu dans tous les corps excité par le mouvement, l'eau se trouvant agitée moyennant le souffle des vents, il en résulta la lumiere & la chaleur.

Après un pareil préambule, il assure, comme s'il l'avoit vu de ses propres yeux, que l'Éternel jetta lui-même quelques graines miraculeuses dans cette même eau, qu'aussi-tôt ces semences prirent vie, & qu'elles formerent insensiblement des poissons, des oiseaux, des quadrupedes & des hommes; qu'alors chacun se logea selon la nature de son être, c'est-à-dire, que les oiseaux gagnerent les airs, que les reptiles, les insectes, les quadrupedes conjointement avec les hommes, se réfugierent sur la terre, qu'enfin les poissons resterent dans l'eau, comme dans leur élément, & que les femmes se formerent du mélange bizarre de toutes ces différentes especes; ce qui fait qu'il y a dans chacune quelque chose de la douceur de la colombe, de la ruse du serpent, de la fureur du tigre, du sémillant de l'écureuil, qu'on y remarque enfin tous les caprices & tous les goûts.

Il pense qu'à la fin du monde, car

il admet une terrible révolution dans l'univers, il n'y aura que les hommes qui jouiront de l'éternité; premierement, parce qu'ils ont eu pour productrice une graine privilégiée; secondement, parce qu'ils ont la sublime perfection de penser; troisiemement enfin, parce que la femme n'étant que l'image de l'homme, soit du côté de la faculté de réfléchir, soit du côté de la configuration, elle ne seroit qu'un hors d'œuvre, sur-tout lorsqu'on n'aura plus besoin de son ministere pour la génération. Quelles absurdités!

Il y a beaucoup d'épisodes qui rendent ce livre piquant, tout ridicule qu'il est; il rapporte nombre d'exemples de la femme agneau, de la femme tigre, de la femme écureuil, de la femme serpent. Il raconte les historiettes les plus plaisantes, où toutes ces femmes sont aux prises avec leurs maris, soit pour les tromper par des cajoleries, ſoit pour les irriter par des traits de fureur.

Il y en a une ſur-tout qui, malgré ſon miroir qui la repréſentoit fidelement belle comme l'aſtre, aima mieux devenir laide toute ſa vie. Pour faire enrager ſon époux, elle déchira ſes joues de lys & de roſes, de maniere à lui cauſer le chagrin le plus ſenſible, d'autant plus qu'il ne ceſſoit de parler de la beauté de ſa femme, & qu'il étoit tout glorieux de pouvoir la contempler à ſon aiſe. Ce livre burleſque pour les idées, t'amuſera ſingulierement quand je te le porterai. Il n'y en avoit qu'un ſeul exemplaire dans l'île de Bourbon qu'on avoit eu bien de la peine à conſerver. Autant que les femmes en trouvent, m'a-t-on dit, autant de livres déchirés; elles penſent, avec raiſon, qu'un ſyſtême auſſi pitoyable, n'a été imaginé que pour leur faire niche.

Tu penſeras qu'elles feroient beaucoup mieux d'en rire. Le ſexe a ſa réputation faite depuis bien des ſiecles, & ce n'eſt pas un livre ſans mœurs & ſans principes qui pourra en dépouiller ; mais je voudrois qu'on ne mît jamais qu'en poéſie de pareilles abſurdités, la poéſie étant particulierement deſtinée à la fiction. La marche de la proſe me paroît trop franche & trop ſage pour les écarts d'eſprit. La poéſie eſt une folle à qui l'on permet tout, principalement quand elle amuſe.

Il y a une deſcription de la femme écureuil tout-à-fait divertiſſante; c'eſt un compoſé de bizarreries dont on n'a pas d'idée. Elle va, elle vient s'agitant toujours, faiſant la femme malade, faiſant la femme qui ſe porte bien, jouant avec la douleur comme avec le plaiſir, s'affublant à chaque quart-d'heure d'une mode différente, adorant & déteſtant le même objet preſqu'à la même minute, dépenſant en chiffons une fortune immenſe, changeant de domeſtiques ſept fois dans la ſemaine, voyant enfin tout, & ne ſe fixant ſur rien, achetant tout, & n'en voulant plus dès que la choſe eſt payée.

Tu penſes bien que n'ayant point la langue françoiſe aſſez familiere, je tranſcris une eſquiſſe de ce portrait. C'eſt ainſi, mon ami, qu'on s'amuſe ſur mer pour ſe diſtraire de l'ennui. Il y a tant de perſonnes ignares & faſtidieuſes ſur un navire, qu'il faut recourir à tous les moyens pour les oublier. L'ame eſt d'une grande reſſource en pareil cas; on l'envoie à mille lieues de ceux avec qui l'on eſt, & l'on établit une converſation en ſoi-même ou avec les abſens. Je crains de te fatiguer, & je te laiſſe au milieu de tes plaiſirs, ou de tes occupations.

LETTRE XI.

A Glazir.

Je ne cesse de te regretter, quoique ce soit souvent un grand avantage de voyager seul. On ne sauroit croire combien on est ordinairement molesté par celui qu'on s'associe. Il ne s'agit ni du mauvais caractere, ni même de mauvaise humeur pour qu'on ne soit pas d'accord sur bien des points. L'un s'ennuie dans une ville où l'autre s'amuse, & cela suffit pour qu'il y ait partage d'avis, & dès-lors moins d'agrément. La complaisance ne dure pas toujours; on cede, mais on n'en souffre pas moins intérieurement.

Je traitois cette matiere avec un Anglois qui fait voile avec nous. En homme de sa nation qui, comme tu sais, est une nation particulierement réfléchiſſante, il eſt du ſyſtême qu'il y a plus d'avantages à voyager ſeul. Je me ſerois privé, m'a-t-il dit, de mille choſes curieuſes que j'ai vues, ſi le haſard m'eût donné un compagnon de voyage, parce qu'il y a des objets qui m'affectent, & qui ne l'auroient point intéreſſé.

Il me paroît très-inſtruit, & ce qui m'étonne, c'eſt qu'il n'a que vingt-deux ans, âge où l'on eſt plus occupé de ſon plaiſir que de ſon devoir. Mais il m'a dit que chez ſa nation on ſavoit penſer preſqu'auſſi-tôt qu'on avoit l'uſage de la parole, & qu'un Anglois, dans l'effervefcence des paſſions, voyageoit ſans mentor & ſans étourderie. Il m'a prévenu que j'en rencontrerois à Paris le crayon à la main dans tous les endroits où il y a des choſes dignes de remarques : c'eſt vivre doublement que de vivre de la ſorte.

Il a déjà parcouru l'Inde, mais avec le regret dans le cœur de n'y avoir vu que de l'or & des pierreries. Il a déjà assez de raison pour n'estimer que les ouvrages de génie, aimant mille fois mieux, m'a-t-il dit, voir des statues & des tableaux que des richesses entassées sans dessein & sans goût.

Il voudroit que toutes les nations guerroyantes fussent anéanties, à commencer par la sienne, & qu'un grand artiste vécut trois fois plus qu'un Hyder-Aly; c'est ainsi qu'il s'est exprimé, & voilà comme les conquérans sont payés du bruit qu'ils font dans le monde; ils sacrifient tout à la gloire, & leur nom finit par être odieux à l'humanité.

L'Anglois, pour avoir ainsi parlé, s'est pris de querelle avec un militaire qui ne connoît d'autre existence que celle de se battre; c'est un être qui n'aura vécu que pour tuer ses ſemblables, il n'a pas d'autre plaiſir. C'eſt ici qu'on peut dire qu'il faut diſputer des goûts. Je commence à concevoir qu'il y a mille différentes façons de vivre, & que c'eſt une folie de vouloir aſſujettir les hommes a une ſeule maniere d'exiſter, mais c'eſt en jouiſſant d'une pareille liberté, qu'on donne dans toute ſortes d'écarts.

Ne te plains pas de la gravité de mes lettres : elles ſeront moins ſérieuſes quand je vivrai parmi des François ; c'eſt un plaiſir de les entendre rire, & converſer ; ils penſent que ſi l'on s'amuſe dans l'autre vie, il faut prendre des acomptes ; & que ſi l'on n'y rit pas ce ſeroit une abſurdité de mourir ſans avoir ri ; ont-ils ſi grand tort ? La faculté de rire, au bout du compte, ne nous a pas été donnée pour qu'on n'en faſſe point uſage. Ce qu'il y a de ſûr, c'eſt que le ſourire ſera toujours ſur mes levres & dans mon cœur, lorſque je recevrai de tes nouvelles. Heureux jour ! heureux moment ! je ferois tout au monde pour l'anticiper.

LETTRE XII.

A Glazir.

Où suis-je ? à des distances infinies de l'ami que je chéris le plus ? Où vais-je ? Dans une région qui m'en éloigne encore davantage, & je vis, & je supporte cette calamité sans mourir. Ah! mon ami, n'attribue cet événement qu'à l'espoir qui me soutient. Il me prend par la main, il me conduit à ta porte, & déjà je crois te voir, t'entendre, & t'embrasser. Douce illusion, ne m'abandonne jamais d'un instant; c'est par toi que je respire, & que j'ai le courage d'extraire mon ame sur ce papier.

On n'a point assez célébré l'art de la papeterie, & l'admirable maniere de communiquer d'un pôle à l'autre des

des paroles & des pensées. Il n'y a ni jet d'eau, ni jet de feu qui vaille ce merveilleux élan, c'est la réflexion que nous avons faite, deux étrangers & moi. Je ne puis deviner d'où ils sont, & je me donne bien de garde de les interroger ; car ils me paroissent aussi froids que mystérieux. S'ils savoient ce qu'ils perdent en ne se communiquant pas, ils seroient beaucoup plus affables. L'orgueil porte avec lui sa réprobation ; il devroit s'en appercevoir par la maniere dont on l'accueille. On nous croit nous autres Indiens remplis de vanité, & tu sais par toi-même que nous ne sommes qu'indifférens.

Persuadés que le ciel a tout fait pour nous en se déployant sur nos têtes avec le plus grand éclat, que la terre nous a prodigué ce qu'elle avoit de plus riche & de plus excellent, nous ne donnons que des demi coups-d'œi à ce qui transſporte les autres d'admiration. On me dit que ſi nous avions plus de goût, nous ſerions plus affectés, & cela peut-être; mais ſoit défaut d'éducation, ſoit indifférence pour le bon & pour le beau, je ne puis admirer ce qui ne me ſemble que médiocre; en ce cas il faut nous plaindre, & non nous railler.

C'eſt la réponſe que je fis hier à une eſpece de ſavant qui ſe moquoit de mon indifférence; il ſe perſuadoit que je devois m'extaſier à l'aſpect de tout ce qui ſe préſentoit à ma vue.

Je m'accuſai intérieurement de ne rien ſavoir, & j'en gémis quand j'entendis, pour la premiere fois, diſcourir ceux que la rencontre fortuite des voyageurs m'avoit aſſocié; mais je ne fus point long-tems à m'appercevoir qu'ils en ſavoient moins que nous, qu'ils étoient ſeulement plus confians pour ne pas dire plus audacieux. La hardiesse tient souvent lieu du savoir.

Le concours des étrangers, le commerce, la navigation nous ont jetté dans un monde que nos peres ne connurent jamais. On diroit que les Indes se sont rapprochées du centre du savoir & de l'urbanité. Il y a sans doute des gens féroces parmi nous, mais nous savons qu'ils le sont, au lieu qu'autrefois on ne s'en doutoit pas. Une impulsion barbare nous excitoit trop à guerroyer de la maniere la plus cruelle; & quoique nos combats soient encore extrêmement sanglans, nous nous sommes radoucis de plus de moitié.

Ce n'est pas une petite victoire, d'aller en se perfectionnant, sur-tout dans un pays où des hordes de toute espece font de fréquentes excursions.

Je suis sûr, me dit un homme vétu de brun, qu'on appelle respectueusement M. Labbé, & qui ſans doute eſt né dans l'empire des lys, qu'un Sauvage, un Indien, un Hottentot, un Lapon, un Nigritien, un François raſſemblés dès leur naiſſance, & qu'on éleveroit ſans leur dire un ſeul mot, le François parleroit le premier. Il y aura dans ſon tout un je ne ſais quoi, qui déliera ſes membres & ſes organes, avant tous les autres.

Voilà, mon ami, comme il y a des avantageux qui font volontiers les honneurs de leur nation. On m'a dit que ce ſeroit l'eſpece d'hommes que je rencontrerois le plus ſouvent, & que ces êtres ſe multiplient d'une maniere étonnante.

Je vois qu'il en eſt des hommes comme des inſectes, des papillons qui ſemblent nés pour amuſer, des moucherons qui ne ſont propres qu'à importuner. Il faut cependant les tolérer, ſelon l'avis de Marc-Aurele, ſi nous voulons vivre en ſociété.

Je reprends cettte lettre que je quittai il y a deux jours, m'y trouvant forcé par des roulis qui ne laissoient ni le tems d'écrire, ni celui de parler. Nous nous attendions à subir quelque grand orage, mais le ciel s'est contenté de notre frayeur

Je crains que tes femmes ne continuent à te molester. Elles savent que tu es la bonté même, & il n'en faut pas davantage pour les porter à la dissention. Lorsque leur humeur acariâtre commence à éclater, il n'y a que les soupirs de notre prophete vers l'Éternel qui puissent les calmer.

L'usage du monde rend les femmes étrangeres beaucoup plus modérées ; elles craindroient qu'on ne vint à les confondre avec les personnes du peuple, & elles se contiennent. Rien ne dénature le sexe comme l'amour, lorsqu'il en est possédé

Réflexion qui a donné lieu à différens récits qu'on nous a fait, dont les uns m'ont paru ſingulierement comiques. T'imaginerois-tu qu'une femme voulant ſe venger de ſon amant, le fit prendre pendant la nuit, le fit enſuite tremper dans une cuve de teinture, que par ce ſtratagême le pauvre malheureux reſta vert toute ſa vie, & que le nom de perroquet lui reſta. Il n'oſa ſortir qu'après avoir employé les moyens capables d'enlever cette funeſte couleur, mais ils furent inutiles, & la vengeance eut tout l'éclat qu'on en attendoit

Nos femmes toujours renfermées ne prêtent point à la plaiſanterie, au lieu que la liberté leur donne par tout ailleurs le loiſir de faire des exploſions.

Que la divine impulſion de notre prophete te conduiſe chez celle qui doit s'unir à mon neveu. Tu auras ſoin de l'avertir de ma perſévérance à l'aimer. Adieu, au nom de toutes les vertus dont tu es la parfaite ressemblance.

De je ne sais où, le 14 de la lune de Sapher, 1788.

LETTRE XIII.

A Glazir.

L'Astre du jour diſparoît, & revient continuellement ſans m'apporter aucune de tes nouvelles. Tout radieux qu'il eſt, il ſeroit infiniment plus lumineux à mon gré, ſi ſon retour périodique étoit l'annonce de ton exiſtence, & de ta ſanté.

Nous mouillerons inſenſiblement au cap. Je t'avoue que je ne ſerai pas faché de toucher la terre, d'autant plus qu'un de nos compagnons de voyage périt du mal de mer. Il n'a pas ceſſé d'avoir des ſoulevement d'eſtomac depuis notre départ, ne pouvant garder aucune nourriture, tant il ſe trouve agité par la violence des flots.

Nous avons avec nous, m'a t'on dit ſécretement, un des ces malheureux, qui, marqués de la fleur-de-lys, oſerent autrefois ſe dire chez les Rois Negres de la famille des Monarques François. Comme les princes Noirs ſont dans l'habitude de marquer leurs enfans pour les reconnoître, on les croyoit, d'après un pareil ſigne, & l'on s'empreſſoit à leur faire un ſort. Aurois-tu jamais ſoupçonné que l'induſtrie pût employer un pareil ſtratagême. Le fait eſt néanmoins certain, & ce fut a un gouverneur de Pondichéry que l'on dut la découverte de cette abominable fraude. Cet homme eſt très-vieux, car il y a long-tems qu'il fit un pareil perſonnage. On m'aſſure qu'il a occupé un rang conſidérable, & qu'il revient les mains pleines de richeſſes, la plus belle qualité qu'on puiſſe avoir chez les Européens, pour jouir d'une haute considération. Auſſi m'a-t-on averti qu'il falloit ſe tenir en garde contre les marques extérieures de magnificence & d'honneur.

LETTRE XIV.

A Glazir.

Après avoir paſſé tant de nuits entre les variations de la mer & du ciel, avoir calculé dans moi-même les différens degrés du bonheur auxquels l'homme peut parvenir, avoir enfin évalué les miſeres & les biens de cette vie, j'apperçois le plus long & le plus dangereux cap qui ſoit au monde, ſelon la remarque des célebres navigateurs.

Tu ſais, mon cher Glazir, que Barthelemi Diaz, Portugais, le découvrit la premiere fois en 1489, qu'alors il fut nommé le cap des Tourmentes, par la ſuite le lion de la Mer, la tête de l'Affrique, & qu'Émanuel, Roi de Portugal, le qualifia du titre de Bonne-Eſpérance, a raiſon de l'eſpoir qu'on a d'être bientôt aux Indes.

On vient de me raconter du ton le plus grave, & de l'air le plus perſuadé, que les Hottentots, les Sonquas, les Nomaques, les Ubiques, les Odiquas, & des peuples voiſins du cap, furent jadis mis a mort par un uſurpateur qui ſe rendit formidable, mais que par un privilege particulier du ciel, ils furent rapellés à la vie, aux conditions qu'ils reviendroient ſous des formes hideuſes, & qu'ils auroient un penchant irréſiſtible pour la malpropreté.

Il ne faut pas demander l'époque de cette bizarre reſurrection, à ceux qui rapportent de pareilles hiſtoires. Telles ſont les ſuperſtitions, elles commencent & s'accroiſſent ſans qu'on puiſſe remonter à leur ſource. Ce qu'il y a de ſûr, c'eſt que les noms des peuples ci-deſſus mentionnés, ſont ſi extraordinaires, qu'ils ſemblent venir de l'autre monde.

Ce ſeroit une collection bien ſinguliere, que celle de toutes les superſtitions qui depuis tant de ſiecles couvrirent la ſurface de la terre. Chaque nation en a ſa bonne part, ſans en excepter la nôtre, malgré toutes les précautions qu'a pris notre grand prophete, pour nous en préſerver.

La lune elle même que j'ai ſi ſouvent contemplée toutes les nuits, combien n'a-t-elle pas donné lieu à des ſuperſtitions en tout genre. Les anciens croyoient qu'elle deſcendoit ſur terre, lorſqu'elle étoit évoquée par quelque puiſſance, ou charmée par quelque taliſman. Comme la plupart des ſortileges s'operent dans les ténébres, ſelon les loix de la nécromancie, une opération magique ne pouvoit ſe faire ſans que la lune y fût pour quelque choſe. On en vint jusqu'au point de persuader aux ignorans, qu'elle étoit mangée par un chien toutes les fois qu'elle s'éclipsoit.

J'ai souvent cherché la cause de ces fables, & j'ai cru m'appercevoir qu'elles n'avoient point d'autre origine que l'inquiétude de l'esprit humain qui, n'ayant qu'un cercle limité de connoissances & d'idées, en cherche de nouvelles, à tort & à travers, sans examiner si elles sont raisonnables. Pour peu qu'elles lui paroissent neuves, & qu'elles le tirent hors de sa sphere, elles lui semblent justes.

C'est une réflexion que je dois à un Hollandois qui fait partie de notre équipage, & qui a d'autant plus de raison qu'il n'a point d'esprit ; je veux dire qu'il ne brille nullement du côté de l'imagination. Tout est chez lui la tranquillité même. Rien de plus calme que sa maniere de voir & de s'exprimer.

Il a tellement peur de prévenir un jugement, qu'il a toujours l'air de l'attendre; bien des perſonnes ne s'accommoderoient pas de cette lenteur; mais il dit que ſon ame n'eſt pas un cheval de poſte pour courir bride abattue dans la converſation.

Tu l'aimerois, j'en ſuis ſûr, parce qu'il ſe plaît à honorer ta bonne amie; je veux dire la raiſon, choſe d'autant plus admirable, qu'elle commence à reſſembler à ces divinités du paganiſme, qui n'ont preſque plus d'adorateurs & d'autels.

Le ciel veuille que les nations étrangeres, que je me diſpoſe à viſiter, n'alterent jamais ce goût que j'eus toujours pour le bon ſens, malgré l'efferveſcence de l'imagination indienne cauſée par la chaleur bouillonnante du ſoleil.

Souviens toi du prix que j'ai donné

toujours à ton amitié, & tu jugeras ſi l'abſence peut rien prendre ſur mon cœur. Adieu.

En face du ſoleil, le 9 de la lune de Gemmadi 1788.

LETTRE

LETTRE XV.

A Glazir.

CE n'eſt plus du ſein des mers que je t'écris, mais du milieu même de cette habitation fameuſe que les Hollandois poſſedent au cap. Nous y ſommes arrivés au petit jour naiſſant, & je t'avoue que les facultés de mon ame ont paru ſe multiplier depuis que je me trouve au milieu d'un peuple intéreſſant par ſon induſtrie, & par ſon commerce. Rien de plus agréable que la ſituation du pays & du climat.

C'eſt cependant ici le monde renverſé; le printems y commence en Octobre, l'été en Janvier, l'automne en Avril, l'hiver au mois de Juillet.

Si les chaleurs y ſont grandes, il y a des vents rafraîchiſſans qui en temperent l'ardeur, & qui prouvent que le grand Architecte de l'univers a tellement ordonné les choses, qu'il y a par-tout compensation, & proportion.

Je te dirai des nouvelles du jardin appartenant aux Hollandois, qu'on dit être magnifique; mais je veux y aller à loisir en savourer les beautés tout à mon aise, y respirer enfin l'odeur exquise de ces plantes parfumées qu'on a fait venir de tous les pays du monde.

Le local est environné de montagnes couvertes de gros singes, animaux aussi remuans qu'incommodes, & dont la présence est le plus grand tourment que puisse éprouver un homme de travail ou d'étude.

Les Hollandois ont beau être aussi propres dans ce pays qu'en Hollande même, ils n'ont point encore communiqué ce goût aux Hottentots voiſins du cap, dont le plaiſir eſt de ſe rendre affreux, toute leur parure conſiſtant à ſe frotter avec de la ſuie.

On trouve ici des perſonnages de toutes les tribus, & c'eſt à qui profitera le plus de ce ſéjour pour faire fortune; auſſi n'y parle-t-on que de départ de navires, que de la hauteur des vents; on ſait qu'ils ſont les véhicules de ce qu'on appelle le bonheur, & il n'en faut pas davantage pour en faire une converſation journaliere.

Par ce moyen peu de complimens, point de façons, point de phraſes perdues. Il s'agit de ſavoir quand tel vaiſſeau arrive, combien le ſucre, combien le café, combien d'aſſurance; le plaiſir eſt de bien manger, bieu fumer, & ſur-tout bien boire.

J'étois à table en nombreuſe compagnie, quand un particulier m'a tiré par le bras, & m'a dit à l'oreille:

C'eſt ici qu'on va voir ſi vous êtes fidele à l'Alcoran ; le vin rouge & blanc y eſt ſi exquis, que la plus grande preuve de ſoumiſſion qu'on puiſſe donner à votre prophete conſiſte à s'en priver ; mais n'y goûtez pas, ſi vous êtes fervent, car pour peu que vos levres en approchent, vous aurez bientôt prévariqué.

Je lui ai répondu qu'il étoit tentateur, & qu'il n'y avoit pas de plus ſûr moyen de vaincre une réſiſtance ſi décidée, que de parler de la ſorte.

Les femmes m'ont paru beaucoup moins ſérieuſes que les hommes. La plupart d'entre elles cauſent volontiers, & ſe font une fête de s'affubler d'une mode naiſſante, mode qui ſans doute eſt oubliée dans Paris quand elle arrive au cap.

On me fait les politeſſes du pays, qui conſiſtent dans des invitations & dans des entretiens, où l'on ne parseroit pas si l'intérêt ne venoit délier les langues.

Je te cherche sans cesse des yeux, mais inutilement; il n'y a que mon cœur qui t'entend & qui te voit. Ah! mon cher Glazir, quand pourrai-je te posséder? peu s'en faut que je ne renonce à mes voyages, & que je ne retourne brusquement pour avoir le plaisir de te rejoindre.

Les femmes & les hommes jouent quelquefois avec ces cartons peints, dont tu connois la forme; elles rient, elles se fâchent, elles n'osent parler, & c'est là ce qu'elles appellent jouer.

On me questionne peu, parce qu'au cap on connoît l'Inde, & que le Hollandois n'est pas questionneur; il fait rarement des interrogations, & il n'aime pas qu'on lui en fasse. Aussi je contiens ma langue, & sur-tout mon imagination; car c'est se donner pour fou que d'en faire uſage chez des gens qui n'en ont pas.

La chaleur du climat inſpire la galanterie, mais c'eſt un amour bruſque comme le caractere du pays ; on a l'air de ſe dépêcher dans tout ce qui n'a point de rapport au commerce, la ſeule choſe à laquelle on s'applique & que l'on étudie.

Les jeunes gens par-tout ailleurs ſémillans pour le plaiſir, s'abſorbent ici dans l'amour des affaires & du gain ; ils ſont dès l'âge de dix-huit ans, ce que ſont par-tout ailleurs les hommes à quarante. Notre philoſophie, m'ont-ils dit ingénuement, n'eſt pas de chercher la vérité, mais de chercher de l'or, d'autant plus que nous avons obſervé qu'elle eſt réellement introuvable ; que tous les ſavans qui prétendirent la rencontrer, n'imaginerent que de vains ſyſtêmes.

N'oublie pas la femme que j'adore. Adieu; je ſuis de toute mon ame, & de la meilleure maniere dont mon eſprit peut te l'exprimer, ton ſerviteur immuable.

Du cap de Bonne-Eſpérance, le 13 de la lune de Gemmadi 1788.

LETTRE XVI.

A Glazir.

Tu vas recevoir toutes mes rêveries à la fois, toutes mes rêveries depuis plus de six mois ; c'est-à-dire, le résultat de plusieurs nuits passées sur les mers sans autre spectacle que la lune & les étoiles, sans autre agitation que celle des flots.

Je l'ai donc vu ce jardin superbe, dont la compagnie Hollandoise des Indes orientales est en possession. On y admire dans quatre compartimens, les plantes les plus rares du monde entier, & j'ai dit salut en m'inclinant vers celles qui viennent originairement de mon pays.

Le croirois-tu, mon cher Glazir, je leur ai trouvé un air de vie, & elles

elles sembloient me parler, tant il est vrai que ce qui rappelle la patrie a des charmes qu'on ne peut exprimer.

J'aurois voulu pouvoir parcourir successivement toutes ces plantes précieuses aussi belles qu'utiles dont l'Éternel a peuplé cet univers; mais il n'y en a pas une qui n'ait reçu l'hommage de ma reconnoissance, à raison des services qu'elles rendent au genre-humain. Que de maux n'ont-elles pas guéri! & combien n'en guériroient-elles pas davantage, si l'on connoissoit toutes leurs propriétés, & si les médecins n'avoient pas souvent altéré leur vertu, en faisant des mélanges nuisibles à la santé.

On cultive ici la profession de médecin d'après les principes, m'a-t-on dit, d'un fameux Hollandois nommé Bohërave; s'il tua moins qu'un autre, il fut un grand homme. Ce qu'il y a d'extraordinaire, c'est que les Hottentots, nation abſolument ſauvage, ne ſont pas abſolument ignorans dans la médecine & dans l'aſtronomie. Comme il ne faut point de livres pour étudier cette double ſcience, & que la terre & le ciel ſont les meilleurs ouvrâges qu'on puiſſe donner aux hommes ſur cette matiere; ils ont pu s'y appliquer; d'ailleurs nous ſavons par nous-mêmes que la ſeule étude de la nature ſuffit, non pour donner des degrés dans ce qu'on appelle en Europe univerſité, mais pour opérer des guériſons. Il eſt en médecine d'heureuſes témérités, & nos Indiens qui ne ſont pas timides, & qui ſe trouvent encouragés par une imagination exaltée, ont ſouvent de grands ſuccès. Le charlataniſme, me diſoit hier un homme ſenſé qui a voyagé dans nos contrées, a peut-être plus guéri de monde que la ſcience médicale bien combinée; il s'agit souvent d'oser. Mais malheur à ceux qui s'adressent les premiers à un charlatan, qui n'est habile que lorsqu'il a fait plusieurs essais ; c'est-à-dire qu'avant de réussir, il commence ordinairement par bien tuer.

Je vis beaucoup de monde çà & là se promener dans différentes allées, qu'on me dit être des François, qui, naturellement agiles, ne restent pas volontiers renfermés. Ils sont en cela plus sages que nous : rien n'étant aussi excellent que la promenade pour entretenir la santé & la gaîté ; le sombre des maisons passe insensiblement dans l'ame, & il en résulte une affection mélancolique. Je parle ici comme un captif échappé de sa prison, qui connoît le prix de vivre au grand air, & qui se promet d'en faire usage.

Le cap de Bonne-Espérance est un vestibule où l'on ne fait que passer. Excepté un certain nombre d'Hollandois qui reſtent à perpétuité pour faire leurs affaires & celles de leurs pays, ce ne ſont que des navigateurs qui ſe croiſent, les uns pour aller, les autres pour revenir. Les femmes qui ne ſeroient pas ſages auroient beau jeu; mais une Hollandoiſe une fois mariée, il n'y a plus d'intrigues, plus d'amours, plus de rendez-vous; elle penſe avec raiſon qu'elle n'appartient plus à elle-même, & qu'elle feroit un larcin énorme à ſon mari, au lieu que la fille croit avoir droit de diſpoſer d'elle comme bon lui ſemble. C'eſt ſans doute un ſophiſme; mais quelle eſt la région ſur terre où il n'y ait de mauvais principes & des conſéquences mal tirées? Le départ continuel des vaiſſeaux donne lieu à des enlevemens. On m'a montré une jeune fille qui quatre fois enlevée, eſt revenue quatre fois ſans honte, comme ſans étonnement, & qui, dit-on, eſt prête à retourner avec le premier venu qui voudra s'en charger ; elle a été aſſez raiſonnable pour baiſſer de prix à chaque enlevement, penſant avec raiſon que les charmes diminuent d'un voyage à l'autre, & que la beauté d'une femme ne ſe paie pas au retour, comme d'autres marchandiſes.

Maintenant que cette fameuſe vagabonde a amaſſé beaucoup d'or, elle viendra comme un riche parti s'établir dans quelque capitale de l'Europe ; & comme elle ſe dira veuve de quelque homme titré, & non veuve du genre-humain, elle trouvera le moyen de ſe marier à ſon gré.

Tu vois, mon cher Glazir, que mes connoiſſances ſe multiplient, & que j'en ſais beaucoup plus que lorſque je ſuis parti. Adieu, je réſerve celles qui ſont ſcientifiques au moment où nous ſerons enſemble. Je t'embraſſe ſous les yeux de notre ſaint prophete, dont la loi me privera de l'excellent vin du cap. Un Juif à voulu ſe rire de mon ſcrupule, & je lui ai demandé pourquoi il ne mangeoit pas de porc, & il ne m'a plus répondu.

Au Cap, 1788.

LETTRE XVII.

A Glazir.

LA matinée se passe avec moi-même, & la soirée avec le public, m'attachant à me priver des hommes, & à les supporter.

Je rencontrai il y a deux jours un petit François qui, ne pouvant absolument vendre ses livres à Paris, en a fait une ample pacotille, & s'est avisé de venir ici lui-même à dessein de s'en débarrasser. Voici la maniere dont il s'y prend. A l'affût de tous ceux qui s'embarquent, il se présente au moment de leur départ, & il les persuade si bien, qu'ils répondent à ses desirs. Les livres se paient trois fois plus qu'à Paris, & il n'aura pas perdu son tems. l'industrie françoise est une chose que toutes les nations devroient acheter ; si cela étoit traficable.

On parle contre le vendeur de livres, lorsqu'on est dans le navire ; parce que sa marchandise ne vaut rien, mais vogue la galere, il n'est pas là pour entendre les murmures ; & il a dans sa poche l'argent de ceux qui se plaignent.

Son audace le sert bien ; ce sont toujours les mêmes livres, mais il fait mettre à chacun d'eux un frontispice, & un titre neuf.

Il n'y a pas trois semaines, qu'un aventurier Italien déposa ici une femme de qualité qu'il avoit enlevée de Venise, sous le prétexte qu'il avoit le secret de faire de l'or, & qu'il la laissa à la merci des hasards. Cette dame issue d'une grande maison, traversa fierement la ville appuyée sur l'épaule d'une femme-de-chambre, & suivie d'un grand laquais. Comme elle crioit à haute voix à l'injustice, & qu'elle se frappoit la poitrine en arrosant de ses larmes les joues les plus vermeilles, & que ses pleurs couloient des plus beaux yeux du monde, elle ameuta la multitude. On l'accompagna jusqu'au bord de la mer où elle se rendit; & où après avoir déploré le sort d'une femme qui abandonne son devoir, qui foule l'honneur, & avoir dit qu'une telle femme ne doit plus vivre, ainsi que ceux qui lui ont conseillé un pareil écart, elle se précipita au milieu des flots; tenant par la main la femme-de-chambre & le valet. Le tout disparut au même instant, & l'on n'entendit qu'un vigoureux soupir qu'on eut pris pour le cri de quelque animal.

Un événement aussi tragique glaca tous les esprits. L'on eut mis l'aventurier en pieces, si on l'eut trouvé, mais il s'étoit embarqué. Ce qui surprend avec raison, c'est que des domestiques aient eu le courage ou plutôt la stupidité de se noyer par attachement pour une femme à qui la tête avoit vraisemblablement tourné.

L'univers est plein d'aventures, lorsqu'on suit les événemens de la vie, & sur cent qui seront agréables, il y en a dix milles de désastreuses.

Je ne veux pas finir ma lettre par un objet si triste. Je suis prié d'assister à une nôce dont je te rendrai compte. Je suis curieux de savoir comment on danse, & comment on marie. Je suis plus à toi qu'à moi-même.

Au cap, ce 1er. de la lune de Rébiab, 1788.

LETTRE XVIII.

A Glazir.

LA richesse décide ici des mariages; car l'amour de l'or fait tout chez les Hollandois. Deux personnes s'unissent sans se connoître pour ne plus se séparer. N'importe si elles ont des vertus, si elles sympathiseront; elles ont du bien de part & d'autre, les parens l'ont résolu, & si le mariage ne réussit pas, tant pis pour les époux. Voilà les arrangemens qu'on prend dans une union qui doit être éternelle.

On dit à cela que les mariages de convenance du côté de la condition & du bien, réussissent beaucoup mieux que ceux qui sont l'ouvrage de l'amour; en ce que l'amour se passe, & qu'on n'existe plus ensemble que pour ſe faire les reproches les plus amers, qu'enfin le défaut de fortune eſt cauſe de la plupart des mauvais ménages.

Béni ſoi le Coran qui, par ſa ſageſſe, ne nous expoſe point à ces inconvéniens. Nous nous rapprochons plus de la nature dans nos alliances. Celui qui a dit a tous les animaux croiſſés & multipliés, a dit une vérité de tous les lieux, de tous les tems, & l'on a beau vouloir y mettre des entraves, elle ſera toujours la véritable baſe des empires, & le ſeul moyen de propager l'eſpece humaine.

Le repas de nôce a été ſplendide, & pour le moins auſſi ſérieux. Je n'y ai exactement bu que du café, lorſque tant d'autres jouiſſoient à leur aiſe du plaiſir de s'imbiber du vin le plus délicieux; car on dit qu'il n'y a dans le monde entier que deux ſortes de vins mémorables, celui du cap, &

celui de Tokai, qui vient dans la Hongrie.

Que notre prophete fut ſage quand il défendit cette liqueur : alors on s'enivroit ſans ceſſe, au lieu qu'aujourd'hui qu'on ne boit plus, il en permettroit certainement l'uſage. C'eſt ainſi que parmi les loix, celles qui ne ſont qu'arbitraires dépendent des circonſtances.

On nous a montré la momie d'une femme que l'amour conjugal fit mourir, & l'on penſe bien que ce ſera la derniere qu'on verra dans ce genre. Elle expira trois jours après ſes nôces, pour avoir entendu ſon époux donner un ſigne de repentir ; cela s'appelle prendre les choſes au ſérieux.

Il y avoit douze ans qu'elle couvoit ſon amour, rien n'a plus de chaleur que le feu caché ſous la cendre.

J'appris les hiſtoires les plus plaiſantes ſur le mariage des Ubiques qui ſont voleurs de profeſſion, & qui ne ſont pas fort éloignés du cap de Bonne-Eſpérance. Plus un homme vole, plus ſa future croit qu'il ſera fidele; & plus long-tems la femme ſouffre un fer chaud qu'on lui applique ſur la cuiſſe, plus on ſe perſuade que ſon amour ſera conſtant. Il faut qu'ils faſſent l'un & l'autre mille épreuves auſſi folles que cruelles avant de s'allier; & ce qu'il y a de plus riſible, c'eſt qu'au moment où ils ſe préſentent pour faire une eſpece d'accord qu'on cimente par des contorſions, & des hurlemens qui excitent la frayeur, le mari apporte un chien ſauvage qu'il a dû apprivoiſer, comme une preuve infaillible qu'il ſera doux dans le ménage, & que ſa rudeſſe ſe paſſera en cas qu'il eût été ruſtique dans ſon langage, & dans ſes manieres.

Le jour de leurs nôces, de gros ſinges danſent avec eux: on les dreſſe à cet effet; & ce mélange de bêtes & d'hommes qui reſſemblent eux-mêmes à des animaux, donne à leur aſſemblée l'air d'une ménagerie. C'eſt à qui ne s'y trouvera pas, lorſque le haſard conduit quelques étrangers dans leur pays. Ils ſe pincent; ils ſe mordent, ce qui prouve que le plaiſir eſt relatif à ceux qui aiment à ſe réjouir.

Pour moi je ſais que je combattrois ces malheureux uſages, juſqu'à extinction de vie, au cas que j'euſſe l'infortune d'habiter parmi des êtres d'une pareille eſpece.

Il faudroit ſans doute bien des façons avant de les dénaturer, & de les rendre des hommes ordinaires. On les regarde comme finiſſant la chaîne des animaux, & commençant celle des hommes, c'est-à-dire qu'ils ne le sont qu'à demi.

Je te quitte malgré moi pour rendre une visite à un des premiers du lieu qui va me recevoir en fumant, en ne me disant mot, & m'offrant du thé par un signe qui n'a rien d'affectueux, mais qu'on regarde comme une heureuse chance.

Prie le ciel qu'il m'illumine, pour que j'apprenne à ne retenir que ce qui est bon parmi tant de choses que je vois, & à ne blâmer que ce qui est essentiellement mauvais.

Que disent nos bons Indiens de mon départ? J'espere retrouver les Ambassadeurs de Tipoo sur les frontieres de France. O ma patrie! je te reverrai donc en partie, quand j'aurai le bonheur de les rencontrer!

Du cap de Bonne-Espérance, ce 7 de la lune de Rébiab, 1788.

LETTRE

LETTRE XIX.

A Glazir.

JE viens de faire la grande visite dont je t'avois parlé, & l'on m'a reçu avec une espece de solemnité qu'on peut nommer orgueilleuse. J'ai pris les politesses pour une marchandise qui a cours dans le pays ; elles étoient assaisonnées à la maniere hollandoise, c'est-à-dire froidement. Je me suis tenu sur la même réserve, & je ne crois pas qu'on abuse de notre conversation pour nous susciter des affaires.

On a raison de dire qu'il n'y a point d'entretien qui intéresse, quand il n'y a point d'imagination, à moins qu'on ne soit sur le chapitre de la politique ou des sciences. Il faut alors des têtes froides qui ſachent poſer un principe ; tirer une conſéquence, démêler un ſophiſme.

On a parlé de mon départ qui ne ſauroit être éloigné. Six ſemaines au cap de Bonne-Eſpérance m'ont paru plus de ſix mois, par l'impatience où je ſuis de voir l'Europe. Outre la curioſité naturelle qui m'engage à viſiter un ſi fameux pays, où il y a tant de modes & de mœurs variables, on aime preſque toujours à être où l'on n'eſt pas.

Nous avions dans notre vaiſſeau un homme de cette trempe ; il ſe fuyoit ſans ceſſe, dans la crainte de ſe trouver un moment avec lui-même. Je lui dis qu'il avoit perdu ſa vocation, qu'il auroit dû être le grand moteur de l'univers, parce qu'il n'y a que lui ſeul qui puiſſe être par-tout en même tems. Tu conviendras, mon ami, que c'eſt manquer une belle place.

On me remit ces jours derniers un livre assez bien écrit, autant que la connoissance que j'ai de la langue françoise peut m'en faire juger, mais où l'on débite les plus grandes absurdités sur le compte des Indiens. L'Auteur nous rangeroit presque dans la classe des tigres & des léopards; il s'imagine que nous boirions le sang des humains avec délices, tant il nous croit cruels. Il devroit au moins savoir que l'Alcoran, notre regle & notre manuel, ne prêche que l'humanité, & que le mahométisme pousse la chose si loin, que ceux qui en font leur regle, étendent leur bienfaisance jusques sur les bêtes d'une maniere incroyable.

S'il m'avoit vu hier réchauffer un oiseau dans mon sein, & prendre toutes les précautions possibles pour le rendre à la vie, il se seroit sûrement détrompé. Quand même nous aurions un tempéramment qui inclineroit à la cruauté, notre commerce avec les étrangers nous auroit infailliblement adouci. Les François aujourd'hui si doux, furent jadis, sous le nom de Gaulois, plus féroces que personne; à force de se répandre & de s'amalgamer avec les autres peuples, ils prirent insensiblement une teinte de douceur & d'urbanité.

Ah! mon cher Glazir, qui fut plus humain que les Indiens toutes les fois qu'il fut question de soulager le prochain!

Il me semble que je te vois encore porter des secours à cette femme infortunée, dont les malheurs glacerent presque ton sang, qui, après avoir vu ses enfans arrachés à la mamelle & mis en pieces sous ses yeux, ne revint de cet état de désespoir que pour être sacrifiée dans toutes les parties de son corps; sa fermeté devint son salut, & je ne crains point un démenti, quand je soutiens, d'après un pareil exemple, que le sexe est capable d'un héroïsme infiniment supérieur au nôtre. Accoutumé à souffrir par une suite de sa foible complexion, il supporte, sans jetter le moindre soupir, des maux qui troubleroient notre raison, & qui nous rendroient le fléau de la société par nos plaintes & par nos impatiences.

Tu me diras qu'il s'en récompense par une sensibilité plus grande dans le plaisir. Il falloit bien que la nature toujours sage les dédommageât de ses maux, & que la joie d'avoir des enfans & de les élever, lui fit oublier ce qui lui en coûte pour les mettre au monde.

Ce qu'il y a de sûr, c'est que l'amour ressemble à ces plantes épineuses qui produisent des fleurs, & que les épines sont presque toutes pour les femmes dans l'art d'aimer; elles paient à de gros intérêts le plaisir qu'elles doivent éprouver dans l'usage de l'hymenée,

J'ai vu cette nuit ma mere en songe, cette bonne mere que je pleurerai toute ma vie. Par la maniere dont elle étoit parée, je me suis bientôt apperçu que ce n'étoit qu'un rêve, car jamais elle n'eut d'autre ornement que la vertu; eh! que ne fit-elle pas pour l'imprimer dans mon cœur!

Je me rappellerai jusqu'au dernier soupir qu'elle me prenoit sur ses genoux, & que tournant mes yeux vers le ciel, elle me disoit du ton le plus tendre & le plus affectueux: mon fils, c'est là que tes devoirs & les miens sont écrits; c'est là que notre prophete a puisé les belles loix qu'il nous a données; regarde, mon fils, souvent ce lieu comme notre patrie, & ne cesse de faire tout le bien possible pour y arriver, car on n'y parvient qu'en se rendant pur comme le soleil. Instruction précise, & qui m'a plus frappé que tous les livres du monde.

Les meres que j'apperçois entourées de leurs enfans, me paroissent bien différentes ; elles ne savent que tempêter que crier, tandis que la patience & la douceur doivent être le premier mobile de l'éducation.

Oh ! mon tendre ami, si le ciel me donne un jour des enfans, je tâcherai qu'ils te ressemblent, pour qu'ils soient parfaits. Informe-toi si mes femmes ont reçu les lettres que je leur ai écrites. Adieu.

LETTRE XX.

A Glazir.

Je touche au moment de quitter ces climats, pour faire voile vers ce pays où j'aspire, & où j'espere me dédommager de mes fatigues & du tourment de mon imagination qui me représente sans cesse la capitale des François. Cela n'est pas étonnant après les récits qu'on nous en a fait, après tant d'échantillons qu'on nous a montré de son élégance, & de sa supériorité sur tous les pays du monde.

Comme les Romains seroient piqués s'ils venoient à renaître ! ils verroient avec une espece de fureur, eux qui furent si fiers & si grands, que Paris a pris dans l'univers le rang qu'occupoit autrefois leur métropole, &

& que leur langue après mille altérations, a enfin cessé pour laisser la prééminence à la langue françoise. Voilà ce qui fait l'opinion, elle qui, sans redouter aucune autorité, regne absolument en despote.

On lit dans le manuscrit que nous appellons le manuscrit d'Or, qu'il y a toujours dans chaque nation un homme prépondérant, & dans l'univers une nation dominante, qui, s'élevant par ses propres forces, soit du côté des armes, soit du côté du génie, donne la loi, & contraint ses ennemis mêmes à l'admirer malgré son orgueil. Ce qu'on vit autrefois à l'égard de Rome. Ceux qu'elle subjuguoit avec violence célébroient son pouvoir, & vantoient ses exploits.

Qui sait, mon ami, si nos braves Indiens ne deviendront pas un jour les suprêmes dominateurs. Il ne faudroit qu'une succession de six ou sept conquérans pour opérer cette merveille. Lorſque de grands hommes viennent à ſe ſuccéder ſans interruption, & qu'ils ſe donnent mutuellement la main pour exécuter de vaſtes deſſeins, on voit naître des phénomenes & des prodiges.

Au reſte, qu'arrive-t-il d'une pareille ambition ? Une chûte éclattante au bout de quelques ſiecles. La puiſſance des hommes paſſe d'un pays à l'autre, & ne reſte pas dans le même lieu. Le plus ſimple eſclave, à raiſon des circonſtances, peut rompre, dans quelques inſtans, une chaîne de gloire qui ſembloit s'étendre d'un pole à l'autre. Tant de révolutions qui amenerent les ſcenes les plus extraordinaires, n'eurent pas d'autre mobile. Tout tient à la ſeule effervescence d'une tête exaltée, qui communique ſon enthouſiaſme aux autres; on crie aux armes, on les prend, un parti se forme, & tout change avec une célérité qui étonne jusqu'à ceux qui sont les auteurs de la ligue.

Cromwel lui-même fut surpris, plus que personne, de se voir à la place qu'il usurpa. Si j'avois la rapidité du style, je prendrois ici les siecles & les empires les uns après les autres, & dans peu de phrases, je présenterois le tableau des Royaumes qui s'abattirent, & se releverent presqu'au même instant. C'est dans le physique la commotion d'un tremblement de terre qui ébranle tout-à-coup une portion de l'univers, & qui s'appaise cesse de même.

Notre société change & se disperse. Nous quittons des navigateurs & nous en prenons d'autres. Ceux qui vont se trouver avec moi, me paroissent instruits. Il y a un Italien qui, né dans le pays des arts, en saura sûrement quelque chose. Qu'ils sont heureux ces hommes qui voient de si beaux objets! J'aurai quelque jour ce plaisir; mais quelque vif qu'il puisse être, il n'approchera jamais de celui que me causera ta présence. Adieu.

Au nom du grand prophete qui nous illumine, conserve moi toujours dans ton cœur. Je ne me trouve bien que lorsque je suis dans cette magnifique habitation, dont les plus précieuses vertus sont les colonnes.

Du cap, le 19 de la lune de Rébiab, 1788.

LETTRE XXI.

A Glazir.

ADIEU le cap de Bonne-Espérance jusqu'au moment où, chargé de connoissances autant qu'il me sera possible, je repasserai les mers : voici l'avantage de voyager pour s'instruire. La cargaison n'est pas difficile à rapporter, & l'on n'a pas besoin de billets d'assurance.

Je m'envais reprendre mes méditations nocturnes ; hélas ! qu'elles me seront cheres ; elles me représenteront ta personne, tes vertus, tes traits. Il ne me reste plus qu'une heure avant de m'embarquer, & je te dis adieu, jusqu'à ce que je recommence une correspondance qui n'est encore que d'un côté... Mais dans ce moment quel bonheur ! Eh ! quoi .... puis-je me le persuader ; on m'apporte, ah ! ciel ! on m'apporte une de tes lettres ; toutes les puissances de mon ame en sont agitées, & mon cœur palpite encore plus vivement que s'il venoit de découvrir un trésor. Je te quitte pour te retrouver, puisque j'abandonne ma lettre pour parcourir la tienne.

Du Cap, 1788.

LETTRE XXII.

De Glazir à Zator.

NON, ces journées sombres & pluvieuses, qui ont l'air de vouloir ensevelir la nature, ne furent jamais aussi lugubres que ton funeste départ. J'envoyai mon ame à ta suite, & depuis un crépuscule jusqu'à l'autre, je me trouvai sans mouvement & sans vie.

N'en sois pas étonné; l'on m'enlevoit à moi-même, & je ne trouvois au milieu de mon propre cœur, qu'une foible ombre de mon existence, c'est-à-dire, mon cher Zator, que j'étois comme si je n'avois point été.

Tes amis, tes parens n'osoient me consoler, & s'ils l'eussent fait, je crois que dans l'excès de ma douleur, malgré toute ma bénignité, je les eusse outragé ; mais ils prirent le bon parti, ils pleurerent avec moi.

Le lendemain ce fut une autre sorte de désespoir. Je ne pus rester en place, j'allois & revenois, comme si quelque liqueur enivrante eût agité mes esprits vitaux. Enfin, aujourd'hui je ne t'adresse que des soupirs, que mes pleurs ont précédé. Ah ! si j'allois ne plus te revoir ; voilà ce qui se répete sans cesse dans mon ame depuis ton absence..... Des tableaux, des édifices, des spectacles, des fêtes, des livres mêmes, quelqu'intéressans qu'ils puissent être, vaudroient-ils donc un ami ? En ce cas toute l'antiquité s'est méprise, toutes les générations ont eu tort, en disant que rien n'étoit au-dessus d'un ami.

Tu l'avois dans moi-même cet ami, & tu l'abandonnes à tous les hasards de la vie, sans pouvoir lui dire, que s'il lui arrivoit quelque malheurs, tu viendrois le voir.

Oui, les femmes sont mille fois plus heureuses que nous, en ce qu'elle ne quittent ni leur patrie, ni leurs amis; le même lieu qui les vit naître, les voit ordinairement mourir. Que veux-tu que je mette à ta place pour te suppléer! des pleurs, des sanglots, mais ils m'épuisent, & bientôt je n'aurai la force ni de gémir, ni de larmoyer.

Ta niece est encore trop jeune pour avoir une longue & raisonnable sensibilité mais elle s'afflige selon son âge. L'on me demande sans cesse de tes nouvelles, & je n'en puis donner. Il n'y a plus dans toute l'étendue de l'univers, que les mers qui puissent en apporter. Je te vois livré à leurs flots, & toutes les vertus errantes sur les abîmes dont ils couvrent la surface.

Souvent la nuit je me réveille en ſurſaut en m'écriant avec fureur : l'auroient-elles englouti ces vagues incertaines qui ne reſpectent ni le mérite, ni l'amitié ?

Oh! mon cher Zator, tire-moi de cet abîme de perplexité. Oui, j'oſe dire que ta vie maintenant fugitive, me tourmente plus que ne feroit ta mort même. Un tombeau, tout affreux qu'il eſt, préſente au moins la cendre de celui qu'on chérit; on ſait qu'il eſt là; on y courre épancher ſa douleur. Mais mon ame à beau errer de toutes parts, elle ne ſait plus où te trouver.

Maudit Paris ! périſſe à jamais celui qui t'inſpira le deſir d'aller le chercher.

Ne compte-tu donc pour rien la terrible ſolitude de ces lieux champêtres que nous parcourions enſemble, & qui ne ſont plus pour moi que des sentiers affreux, la triste réminiscence de ces jours où nous donnions carriere à notre amitié, en épanchant nos cœurs l'un dans l'autre sur les révolutions du pays, & nous jurant un attachement éternel.

Les Marates ne cessent d'épier le moment de nous nuire, mais notre divin prophete, mais l'incomparable Tipoo, fils du grand Hyder-Aly, & grand par lui-même nous préservent de leurs incursions.

Kirgay entre en ce moment chez moi, fumant la houkre, selon son usage, & il me dit à ton sujet, eh! que va-t-il chercher dans les pays lointains? Ignore-t-il donc que la presqu'île de l'Inde que nous habitons, est la plus belle région de l'univers; que la richesse du sol égale la température, & la douceur du climat; que le commerce qui semble y avoir fixé tous ses comptoirs, y fait refluer abondamment tous les signes dont se servent la plupart des hommes, pour représenter les commodités de la vie, & que si la crainte d'un côté, & l'amour de l'autre ne mettoient point d'entraves à l'industrie, nous aurions des villes florissantes, & d'autant plus belles, que notre ciel est unique par sa pureté.

Où trouvera-t'il un soleil comparable au nôtre ? Des nuits aussi suaves, des mœurs aussi franches. Sans l'hydre des despotes qui, depuis tant de siecles, nous ont afligé de leur souffle destructeur, nous jouirions des plus grands avantages.

C'est ainsi, mon cher Zator, qu'on parle de ton absence, & qu'on te plaint d'avoir fui nos climats pour aller chercher des terres perdues, où le soleil ne luit qu'à regret, où les astres ne donnent qu'une idée de chaleur, & que des demi-clartés.

Ce n'eſt pas qu'on ſoit fâché que tu ailles voir les François, cette nation brave que chériſſoit tant Hyder-Aly, & qui le ſervit avec zele; mais on n'a pas beſoin de faire un trajet de cinq mille lieues pour prouver ſon eſtime & ſon attachement.

Les Ambaſſadeurs de notre Souverain prêts à ſe rendre à Paris pour offrir des préſens & des reſpects au Monarque par excellence, ne ſuffiſoient-ils donc pas pour nous acquitter envers la nation, & pour venir en perſonnes cautionner les ſentimens de Tipoo-Saïb envers le Roi de France.

De Scheringapatnam dans l'Inde, ce 10 de la lune de Maharran, 1788.

LETTRE XXIII.

A Glazir.

TA lettre toute amere qu'elle est à la lecture, a été on ne peut plus douce pour mon cœur. Si j'ai des torts de t'avoir quitté, mon cher Glazir, ah! je les réparerai par mon assiduité à profiter de tes entretiens & de tes conseils. Instruit de bien des choses que j'ignorois, je deviendrai plus intéressant dans la conversation. Si je n'avois cette agréable perspective pour expoir, je m'ensevelirois tout à l'heure au sein des flots sur lesquels je vas voguer.

Voici donc encore une fois la mer sous mes yeux, ce miroir immense & magnifique où se peint l'image de la divinité. Il y a trois jours que nous avons levé l'ancre, & que nous courons à pleines voiles vers l'objet de notre destination.

Le monde qui se trouve ici rassemblé rappelle le cahos.

On va, selon l'usage, s'efforcer de chasser l'ennui, les uns en fumant, les autres en conversant, quelques-uns en lisant; mais ce sera le petit nombre. Pour moi je n'ai d'autre ressource que de t'écrire, & je trouve avec raison que c'est bien la meilleure.

On vient de m'interrompre pour me raconter un fait bien extraordinaire. Le jour même que nous arrivâmes à l'île de France, une Européenne qui venoit de se marier, fut reconnue par deux époux qu'elle avoit eu dans deux Royaumes différens, & qui, par le plus grand hasard, arriverent dans le même navire.

Comme ils se promenoient sur le port, ils apperçoivent une nouvelle mariée qui les frappe par sa parure, & encore plus par sa physionomie : comment, dit l'un en s'écriant, je croirois pour ainsi dire que c'est ma femme, & moi, répliqua l'autre, je me persuade que c'est réellement la mienne. On entend ce propos ; le nouvel époux s'approche, demande raison d'une pareille méprise qu'il prend pour insulte. On s'explique, on en vient enfin aux éclaircissemens, & par les signes qu'on indique, & qui ne sont pas trompeurs, on conclud que la femme en question appartient aux trois. La dispute cessa dans le moment, ce fut à qui ne l'auroit pas, chacun se retira, & lui laissa la pleine liberté de prendre un quatrieme mari. Sage punition.

L'île de France n'est pas assez grande pour que l'histoire fût long-tems ignorée. Elle devint publique dès le jour même, & la femme qui s'étoit

si

si bien triplée gagna le large, & disparut.

Ce qu'il y a de singulier, c'est qu'elle rougissoit par pudeur comme une novice tout-à-fait étrangere à l'hyménée; elle pleuroit & n'osoit regarder en face son troisieme époux, ayant toute la timidité d'une jeune vierge.

Sa conduite est exactement le renversement de notre sainte loi, qui ne permit jamais la multiplicité des maris, mais bien celle des femmes.

Épargne, je te conjure, la dépense excessive que tu fais pour les tiennes. Est-il donc nécessaire pour entretenir l'amour, & pour avoir l'estime de ce qu'on aime, de se ruiner dans de précieux chiffons? La parure est bien ordonnée; les plus jolies femmes en ont besoin pour relever leurs charmes, mais il y faut de la modération.

On sonne le dîner, & je me rends

à la table commune, où je ne trouve ni nos ragoûts ni nos fruits ; mais un appétit toujours soutenu, me tient lieu des meilleurs mets. Adieu.

Du sein des Mers, 1788.

LETTRE XXIV.

A Glazir.

JE m'applique à trouver dans le firmament l'image de la terre que nous habitons, & je vois réellement dans les météores qui brillent & qui disparoissent, ces princes magnifiques, dont l'éclat éblouit quelques momens pour se perdre ensuite dans un nuage; je trouve dans cette multitude d'étoiles plus étincelantes les unes que les autres, la fidelle copie des différens esprits qui se placent sur la scene du monde, & dont il ne reste peu de tems après qu'un léger souvenir.

Je profite des lumieres d'un astronome, qui fut jadis astrologue, & qui le seroit encore, s'il eût trouvé dans l'astrologie de quoi contenter sa curiosité; mais il est convenu que l'imagination faiſoit plus des trois quarts de cette ſcience, & qu'elle n'intéreſſoit par cette raiſon ni les flegmatiques, ni les perſonnes qui vouloient trop approfondir ; cependant comme il y a des phénomenes qui ſe réaliſent je ne ſais comment, des gens ſont tentés d'y croire.

J'ai toujours penſé que l'avenir étoit le ſecret de l'Éternel, & que le plus grand ſervice qu'il nous ait rendu, c'eſt de nous l'avoir caché. Zertilek, que tu as connu, paſſa ſoixante-dix ans dans les angoiſſes & dans la douleur, parce qu'un empyrique lui dit, lorſqu'il n'étoit encore qu'enfant, qu'il périroit par le feu ; il frémiſſoit toutes les fois qu'il apperçevoit la plus légere étincelle. Cependant, comme tu ſais, le feu fut cauſe de ſa mort, puiſqu'un jour l'appréhenſion qu'il en eut, le fit précipiter dans un baſſin d'eau, où il expira.

Je ne ſais en vérité comment je ne ſuis pas un des plus zélés partiſans de l'aſtrologie, nos Indiens ſe faiſant un devoir de croire cette ſcience, & de la cultiver avec le plus grand ſoin. Ils s'imaginent avoir atteint le ſeptieme ciel, lorſqu'ils tirent quelque notion d'un aſtre, ou d'une conſtellation.

C'étoit encore plus raiſonnable que de conſulter le vol des oiſeaux, ſuperſtition néanmoins familiere aux plus grands hommes de l'univers. Ah! mon cher Glazir, quand nous ne ſommes pas le jouet de notre cœur, nous le ſommes de notre eſprit; ſans cela l'homme ſeroit un Dieu.

A ce mot de Dieu, je raſſemble toutes mes facultés pour tâcher de m'élancer juſqu'à lui. Je voudrois me débarraſſer de toute la matiere qui m'enveloppe, devenir tout eſprit, m'imaginant qu'alors notre ſublime prophete m'enverroit un ange qui me porteroit ſur ſes aîles dorées, & que je deviendrois un rayon vivifiant de l'Éternel ; mais il y a trop d'écorces à percer ici bas pour ſe ſublimiſer, au point d'atteindre ce paradis flamboyant, où l'on n'arrive qu'après les plus fortes épreuves de ſoumiſſion & d'amour ; car il eſt un amour purement intellectuel, & je tiens trop à la terre pour le ſentir. Adieu l'élément de mon cœur, que ta priere du matin me ſoit utile, & elle le ſera infailliblement, ſi, comme la délicieuſe roſée, elle ſe répand ſur les terres arides.

Du ſein des Mers, 1788.

LETTRE XXV.

A Gelſemir, une de ſes femmes.

LES nuits où mon ame va chercher la tienne par le merveilleux élan de la penſée, me paroiſſent mille fois plus étincelantes que lès rayons mêmes du ſoleil. Oui, divine Gelſemir, il n'y a point de ténebres pour celui qui ſe pénetre de tes ſentimens & de ton eſprit; nos fontaines ſacrées ſont mille fois plus pures quand tu viens t'y laver, & les fleurs que tu touches acquierent un parfum que ne donne point l'Arabie.

Peu s'en fallut que les prunelles de mes yeux ne ſe détachaſſent de leurs orbites, quand je me vis loin de toi. Ce qu'il y a de ſûr, c'eſt qu'elles roulent dans les pleurs, quand je penſe à l'immenſe eſpace qui nous ſépare actuellement.

Je te vois avec tes compagnes formant des vœux pour mon retour. Il ſeroit prompt comme l'éclair, ſi ma préſence t'étoit néceſſaire ; mais tu es aſſez raiſonnable pour m'attendre patiemment.

Quand pourrai-je entendre ta voix, qui, mille fois plus mélodieuſe que les inſtrumens les plus harmonieux, transporte l'ame & ravit les ſens ; on diroit qu'elle eſt un ſon détaché de ces concerts céleſtes dont nous devons jouir un jour, ſelon la parole infaillible du ſouverain Légiſlateur. Continue à te renfermer dans ta vertu, & ton ame ſera plus immenſe que ce vaſte univers ; car la vertu n'a point de bornes, & le monde eſt limité.

Banis tes craintes relativement à ton ami qui voyage, & *penſes que* plus

plus il fréquentera les femmes, plus il t'aimera. Quelle est la mortelle sur la terre qui oseroit comparer sa beauté à la tienne ; tu es cet arbre précieux dont le sublime feuillage plane sur tous les arbustes. Adieu, je t'embrasse de ce baiser pur comme le souffle du zéphir, lorsque dans un beau jour il caresse les fleurs.

Du milieu des flots, 1788.

LETTRE XXVI.

A Glazir.

ENFIN nous découvrons l'Europe; elle ne paroît encore qu'un point dans l'enfoncement du vaste horison qui nous entoure, mais en sillonnant une route précipitée à travers des vagues & des flots, nous toucherons ses frontieres.

Il me semble que je vais me dépouiller de tout moi-même, prendre un nouveau corps, une nouvelle vie, & que rien de tout ce que j'ai vu ne ressemble à ce que je vais voir. Y perdrai-je? y gagnerai-je? tu en seras fidelement instruit,

Je me fais l'idée d'un magnifique gouvernement, en pensant au génie des François, & je m'attends bien qu'on y crie ſans ceſſe contre notre deſpotiſme ; mais n'y a-t-il pas quelque tyrannie conforme à leur maniere, & qu'ils ne regardent pas comme telle, parce qu'ils y ſont accoutumés ? L'autorité eſt une choſe trop friande dans tous les pays du monde pour qu'on la laiſſe tomber ; ſi elle n'eſt pas chez les ſouverains qui gouvernent, elle ſe trouve chez les miniſtres qui commandent en leur nom. L'on n'a point encore décidé d'une maniere ſatisfaiſante ſi l'autorité diviſée étoit moins à redouter que celle qui eſt concentrée. C'eſt ce qui établit la différence des républiques & des monarchies. Tu ſais combien l'auteur de l'eſprit des loix que nous liſions enſemble dans ce petit hermitage élevé ſur la pointe des rochers, paroît embarraſſé quand il traite cette matiere ; il n'a plus cette clarté qu'on remarque dans tout le corps de ſon ouvrage; on voit que sa plume est arrêtée par la crainte même de l'autorité qu'il veut combattre, & qu'il ne dit les choses qu'en bégayant. Lorsque je lis son chapitre sur cet article, je me regarde comme les anciens qui alloient consulter l'oracle, & qui n'en recevoient qu'une réponse ambigue.

Tout cela vient, mon cher Glazir, de ce que l'homme dans l'origine étoit lui-même sa république & son roi, que les loix qu'on s'est vû obligé de faire, lorsqu'on s'est mis en société, ont forcé son caractere, & violenté son inclination. Quoiqu'il s'y soit soumis, il n'en a pas moins regardé toute subordination comme un attentat fait à sa liberté.

Cependant tout dans l'univers annonce la dépendance, les élémens sont assujettis, les astres attachés à un ordre qui les tient dans leurs spheres; & l'univers lui-même est courbé sous les loix du moteur général dont tout émane, & à qui tout se rapporte.

Tu vois qu'on a le tems de métaphysiquer quand on est en pleine mer; ce qui fait que nous devrions avoir, de la part des navigateurs, beaucoup plus d'écrits que nous n'en avons. Quand on ne voit que la terre & le ciel, à moins qu'on ne soit astronome, on n'est pas distrait. Il me semble, quand j'égare ma vue sur la superficie des mers, qu'il n'y a plus que mon ame dans l'univers dont je puisse m'occuper.

Il n'y a ni visites à faire, ni visites à recevoir: point de promenade, point de spectacle, point de nouvelle, point d'événement qui puisse troubler le repos. Ici l'on n'est heureux ou malheureux que par la pensée; de sorte que quelqu'un qui sait maîtriser son esprit, jouit d'un calme parfait.

Adieu, baiſe l'Alcoran à mon intention, comme le gage aſſuré de ma perſévérance dans notre ſainte loi.

A la merci des vents, 1788.

LETTRE XXVII.

A Glazir.

Nous entrâmes il y a deux jours dans Toulon, ville où l'on commence à voir une échantillon de la puissance Françoise; la marine y paroît dans tout son éclat. Rade magnifique, navires superbes, officiers aussi habiles que distingués. On est venu nous apporter des corbeilles de fleurs, & des fruits du pays. Nous en sommes enbeaumés, & notre vue n'a pas été moins satisfaite, que notre odorat.

La franchise paroît à l'extérieur plus engageante que la nôtre, quoiqu'on m'ait déjà dit que les Provençaux n'étoient pas plus francs que les autres.

Tu vois que là, comme ici, l'on trompe sans peine. Les chrétiens ont raiſon de croire que nous ſommes tous corrompus dès le moment de notre naiſſance, pour avoir participé à une faute de notre premier pere. Sans doute nos ames étoient toutes renfermées dans la ſienne, ou lui étoient attachées par quelqu'adhérence, & par conſéquent elles ont dû ſe vicier elles-mêmes, la ſource étant viciée.

Certainement l'homme ne ſeroit point auſſi dépravé qu'il l'eſt, s'il ne l'étoit dès ſa naiſſance; & cette dépravation ne peut venir de Dieu qui eſt la ſainteté même. Ce qui me perſuade encore que nous ſommes méchans dès le moment que nous voyons la lumiere, c'eſt que tout enfant paroît envieux, malin, iraſcible, & qu'il ne cherche qu'à nuire autant qu'il peut.

Mais trêve de moralités. La Provence à l'air d'inſpirer la volupté. Ce n'eſt pas la beauté de notre climat, mais elle en approche. On m'a déjà dit que les femmes y étoient fémillantes, aimables jusques dans leur colere, qui éclate souvent. Le voyageur, à l'aide de quelques Mercures qui trafiquent l'amour comme des lettres-de-changes est bientôt instruit. On l'aborde dans la rue, on vient le trouver chez lui, & l'on conclud le marché pour une femme qu'on a vue au spectacle & qui plaît, comme pour un oiseau qu'on achete dans nos climats.

Les femmes sur ce ton, font une classe à part qu'on ne doit pas confondre avec les femmes honnêtes, quoiqu'il y en ait moins dans les parties méridionales que dans celles du nord.

On est réellement à plaindre d'avoir un tempéramment qui dépend des pays, & qui rend l'homme plus ou moins sage à raison des endroits qu'il habite. Je plaindrai toujours ceux que la fermentation du ſang rend coupables. Ces Derwis qu'on nomme Caſuiſtes ; & qui ſont en poſſeſſion de décider ſi un péché eſt mortel ou véniel, n'ont point aſſez d'égard à notre conſtitution. Ils voudroient qu'un jeune homme de vingt-cinq ans, fût auſſi ſage qu'un homme de ſoixante ; ce n'eſt pas connoître l'humanité, que de la mettre au même taux chez tous les individus, ſans diſtinction d'âge & de lieu.

Je te quitte, & c'eſt pour aller à un ſpectacle où l'on va rendre les mœurs ridicules, ne les fuſſent-elles pas? On morcele ici le tems, de ſorte qu'il n'en reſte qu'une petite portion pour chaque affaire, & que la plus grande part eſt toujours pour le plaiſir.

Récréons-nous, diſoit-on autrefois, parce que nous avons travaillé long-tems ; travaillons quelques minutes, dit-on aujourd'hui, parce que nous nous ſommes réjouis tout le jour. Les hommes mettent pour ainſi dire les ſiecles deſſus deſſous, par la maniere dont ils diſtribuent le tems. Le jour n'eſt plus le jour, la nuit n'eſt plus la nuit, tout ſe boulverſe, tout ſe confond. Le déſordre eſt la ſeule choſe qui plaît, ſans doute parce que l'ordre nous eſt eſſentiellement recommandé. Il y a ici des femmes qui meurent dans un âge très-avancé, ſans avoir jamais connu le tems. Les horloges ont ſonné, les montres ont indiqués juſqu'aux ſecondes, & de tous ces momens réunis, il n'en eſt reſulté que des toilettes, que des converſations oiſeuſes, que des repas faſtidieux, que des ſpectacles futiles, que des amours coupables, qu'une vie toute ſenſuelle.

Il n'y a plus que quelques juriſconſultes, & ſur-tout quelques Derwis qui dépendent de l'heure. Ces derniers, par un abus contraire, attachent souvent trop d'importance à chaque minute. Leur cœur ne seroit pas bien avec le ciel, s'il n'étoit d'accord avec l'aiguille du cadran, comme si l'Éternel exigeoit qu'on fût minutieux.

J'interromps ma lettre; mais il faut remplir ma tâche, & m'instruire de tout ce qui se passe pour t'en rendre un compte fidele; car je te jure que je voyage peut-être encore plus pour toi-même que pour moi; que le Ciel te remplisse de ses dons.

A Toulon, 1788.

LETTRE XXVIII.

A Glazir.

NON je ne crois pas qu'on puisse voir plus de vivacité dans une nation, que parmi les habitans de provence. Leur langue, leur esprit, leurs yeux, tout se ressent de leur pays alternativement agité par deux vents contraires, l'un du midi, qu'ils nomment le *Chiroco*, l'autre du nord, qu'ils appellent le *Mistrau*; ce qui rend ce séjour incommode. Il seroit trop favorisé du ciel, s'il n'avoit ce double inconvénient.

L'essence des meilleurs parfums, la saveur des plus excellens fruits, l'huile la plus délicieuse, autant d'avantages qu'on recueille sur cette terre chérie; mais il n'y faut chercher ni les grosses viandes, ni le bled; ce qui fait dire à un ancien Auteur, que la Provence n'eſt qu'une gueuſe parfumée.

Toulon eſt encore occupé du paſſage de nos Ambaſſadeurs. Chacun eſt venu les regarder comme des hommes extraordinaires, quoique ce pays ſoit accoutumé à voir des échantillons de tous les peuples de l'univers; mais il ſuffiſoit qu'ils vinſſent en ambaſſade, qu'ils fuſſent envoyés par le fils de l'immortel Hyder-Ali, pour exciter de toutes parts la curioſité.

Les uns ont blâmé leur habillement, les autres leur turban, ceux-ci ont admiré leur air noble & fier, ceux-là leur ont trouvé des viſages *cuivrés*; pour moi grace au ciel, perdu dans la foule, je ne ſubirai point toutes ces critiques, n'ayant pas aſſez d'éclat pour attirer les regards de perſonne.

Ils n'ont pas eu le tems de déployer

ici leur esprit, mais un plus long séjour à Paris les fera connoître, & sûrement on finira par les admirer.

Zisarok, notre illustre compatriote, qui vint jadis en France, fit le rapport que les premiers momens étoient terribles pour tout étranger qui arrivoit en France, mais qu'après avoir été bien suivi, bien regardé, il jouissoit amplement du plaisir de voir le peuple le plus sociable, & le plus gai.

M'avez-vous bien considéré, dit-il à un personnage qui le lorgnoit depuis deux heures; je puis me prêter encore aussi long-tems à votre inspection, mais après ce double examen, je vous prierai de m'honorer de votre indifférence.

Le lorgneur applaudit à cette saillie; il avoit de l'esprit, & cette petite scene les lia de maniere qu'ils devinrent amis, & qu'ils se voyoient tous les jours avec cordialité.

On me propose un petit voyage à Marseille, ville si voisine, & depuis si long-tems renommée, que je n'hésite pas d'un moment à m'y rendre. Souviens-toi que lorsque je laisse reposer ma plume, mon cœur ne se repose pas & qu'il éprouvera des crises continuelles, tant que je ne te verrai point.

A Toulon, 1788.

LETTRE

LETTRE XXIX.

Glazir à Zator.

TES lettres, mon cher, ont été lues & relues, & après avoir reçu mille baisers, elles sont sous le chevet de mon lit. Il me semble qu'elles exhalent un parfum qui ranime tous mes sens.

J'ai eu des chagrins, j'ai éprouvé des accès d'envie & de mauvaise humeur, à raison de notre correspondance. Des femmes jalouses voudroient m'en priver; c'est me prendre par l'endroit le plus sensible, & tramer mon trépas.

Oh! l'objet chéri de mes pensées le but de mes desirs, n'arriveras-tu donc jamais dans nos contrées; mes yeux aussi agiles que la lumiere vont te trouver dans le lieu même où tu résides ; mais ce sont les yeux de l'ame qui supposent un grand éloignement.

Pourquoi nos corps n'ont-ils pas la vîtesse de notre esprit ? On dit que c'est ce qu'on nous réserve pour l'autre vie ; mais il falloit du moins en faire l'essai dans celle-ci.

Je deviens acariâtre, moi qui fus toujours la douceur même, & ce malheur vient de ta privation. Qu'on me rende mon cher Zator, que ses levres viennent s'imprimer sur les miennes, que sa voix se fasse entendre à mon cœur, que son ame se colle à mon esprit, & tous les souverains de l'univers pourront dire qu'ils n'ont jamais goûté mon bonheur.

Je relisois hier ces précieuses maximes que tu me laissas, avant d'entreprendre ton voyage ; c'est là que je vas épancher mon cœur, quand je veux jouir de ta présence. Cette émanation de toi-même est une sorte d'existence qui ravive tout mon être.

Hélas ! je n'ose te le dire, Nasica, oui la pauvre Nasica est morte en invoquant pour toi la suprême protection de notre divin prophete ; elle te voyoit près de son lit, tant son imagination étoit vivement affectée de ta personne. Je lui pardonnai ces transports d'amitié, parce que j'étois convaincue que malgré toute leur ardeur, ils n'étoient point aussi vifs que les miens.

Je la vis encore quelques jours après son trépas, car on ne pouvoit se résoudre à l'ensevelir, tant elle étoit aimée ; elle me paroissoit avoir encore sa fraîcheur, en cela plus privilégiée que les fleurs qui n'ont qu'un jour de durée.

Des torrrens de larmes l'accompagnerent jusqu'à son tombeau, que je révere comme le sanctuaire de toutes les vertus.

J'hésitois si je te parlerois dans cette ettre d'un pareil malheur, mais il falloit te l'apprendre ; & tu sais bien, mon cher Zator, qu'on ne s'absente pas de son pays pour quelque tems, sans recevoir des nouvelles affligeantes ; ta sensibilité sera au moins partagée, parce que j'en prends la moitié.

Son frere est resté deux heures sans pouls & presque sans vie. Dis-moi si ces Européens que tu es allé voir avec tant de précipitation, sont capables d'une pareille douleur ? J'aime étonnament les personnes susceptibles d'affliction ; mais je ne puis souffrir tout homme qui ne p'eure pas. Si cela n'est pas digne de lui, comme quelques personnes insensibles le prétendent, pourquoi la nature ne le fit-elle pas de bronze ?

Adieu mon ami, adieu ma vie; je n'ai plus de termes pour t'exprimer mon amitié.

A Schéringapatnam dans l'Inde, 1788.

LETTRE XXX.

A Palmyra.

LA mort de la chere Nasica me met hors de moi-même, & je suspends toute autre lettre pour te répondre, ô ma chere & digne amie, sur ce funeste événement. Quelle route a-t-elle prise ? quelle région habite-t-elle ? qu'est devenue sa douceur ? où brille maintenant son esprit ? il étoit si agréable & si vif. Semblable à tous les morts, elle ne viendra plus nous revoir, parce qu'elle sait que nous irons la retrouver, & c'est là, ma chere, n'en doute pas, pourquoi ceux qui meurent ne reparoissent plus sur cette terre ; d'ailleurs quitteroient-ils l'empire des vertus pour venir dans le repaire des vices ? Cela n'est pas attrayant pour une ame dégagée de ſens, & revêtue de la lumiere increée.

Ah! Naſica, que de nuits où ton image viendra me réveiller! Je croyois qu'elle me fermeroit un jour les yeux, & voilà comme on s'abuſe quand on calcule avec l'avenir.

Autant faudroit-il combiner le haſard à la maniere de ceux qui ſe fondent ſur cette chimere pour gagner aux loteries.

Non, ma chere Palmyra, non, les Européens ne ſont point auſſi ſenſibles que nos bons Indiens à la mort de leurs proches. J'ai déjà vu paſſer pluſieurs de leurs convois ſous mes fenêtres, & ceux qu'on alloit enterrer n'étoient pleurés d'aucun parent. On eſt ici trop léger pour s'appeſantir ſur des regrets, les deuils mêmes s'abregent le plus qu'on peut, & les agréables du jour que nous nommons *Dadiri*, ne déſeſperent pas de les voir porter en couleur de roſe: c'eſt même beaucoup, me dit en riant un d'entre de ce que nous souffrons les nuits ténébreuses ; mais on ne peut faire autrement.

Fais, je te prie, mes salutations à cette aimable parente qui te reçut entre ses bras au moment que tu venois de naître ; elle portoit un trésor, non en pierreries, mais en vertus. S'il y avoit des mines de celles-ci, je doute qu'on trouvât maintenant des personnes qui voulussent les exploiter : les vertus, aux yeux du plus grand nombre, sont des ombres noires dont on a peur.

Plût au ciel que mes embrassemens pussent t'atteindre ! tu connoîtrois toute la ferveur de mon amour. Ne manque jamais, je te conjure, de faire préparer tes mets par des mains qui ne soient pas profanes, ainsi que le recommande la loi.

A Toulon, 1788.

LETTRE

LETTRE XXXI.

A Glazir.

MARSEILLE que j'ai vue ſi long-tems ſur la carte, ſe préſente enfin en réalité. Je l'admire d'autant mieux, que ſon port eſt le rendez-vous de tous les peuples de la terre; j'y ai reconnu deux des nôtres qui ſe louent beaucoup des politeſſes du pays.

Marſeille tenoit autrefois plus à Rome qu'à Paris; mais comme elle a mieux aimé devenir coquette que dévote, elle ſuit le torrent des modes & des plaiſirs; elle a troqué ſes Agnus pour des rubans; & la plus petite Marſeilloiſe qui ne portoit autrefois que la toile la plus commune, eſt aujourd'hui magnifiquement parée. L'amour s'en va quand il y a tant de recherches dans la parure ; lorſqu'on aime, on n'exige pas tant d'apprêts de celle qu'on chérit.

Cette ville a l'air de ſe renouveller tous les jours par l'affluence des étrangers qui la viſitent. Outre que ſa ſituation lui donne les plus grands avantages, ſon commerce la rend extrêmement opulente ; notre or des Indes y circule en abondance ; il me ſemble l'avoir reconnu ; tu ſais qu'il a un éclat qui paroît doubler ſon prix.

Ici le libertinage ſe montre à viſage découvert ; les ſages mêmes s'accoutument à ſa vue, l'on s'excuſe ſur la chaleur du climat. Si l'excuſe étoit bonne, nous aurions droit, plus qu'aucune nation du monde, de nous livrer à la volupté. Cependant convaincus que la nature n'attacha de plaiſir qu'au beſoin, & que l'homme eſt trop excellent par lui-même pour concentrer ſon exiſtence dans la jouissance des sens, nous savons nous modérer.

Croirois-tu que cette ville si florissante dont je t'esquisse le tableau, est sujette à une pluie d'immondices qui vient de la malpropreté des habitans; leurs toîts leur servent de lieux d'aisance, & garre à celui qui passe le soir près des maisons. Ils devroient au moins, eux qui abondent en parfums, mettre ces immondices à la fleur d'orange, disoit l'autre soir un Gascon accueilli d'un tel orage.

On nomme en France Gascon quiconque a le ton plaisant, & des airs fanfarons. La Gascogne est la province du Royaume où il y a le plus d'esprit en saillies; on n'y paie souvent qu'avec cette monnoie. Notre canton de Birvock a des habitans de cette trempe; car, à bien considérer, les hommes de toute espece se trouvent de toutes parts. Nous ne pourrions pas, il eſt vrai, faire des paçotilles d'impertinens, de babillards, d'étourdis, de préſomptueux, de critiques comme par-tout ailleurs; mais il s'en rencontre parmi nous qui, quoique en plus petit nombre, n'en ſont pas moins le jouet, ou le fléau des ſociétés.

Les ſouhaits que je fais pour tes proſpérités, ſont auſſi purs & auſſi étendus que les cieux. Embraſſe tous nos amis, & ne manque pas de leur dire qu'il n'y a pas d'heure où leur ſouvenir ne vienne rajeunir mes penſées.

A Marſeille, 1788.

LETTRE XXXII.

A Glazir.

ON voudroit que je m'habillasse à la françoise, & je m'en donnerai bien de garde. Je perdrois les trois quarts de mon mérite, si je n'avois plus le costume indien, ou pour mieux parler, je deviendrois un personnage qui n'auroit plus ses entrées libres, & qu'on ne regarderoit pas. Il faut en Europe, & sur-tout en France, quelque nouveauté qui remue les têtes, & qui occupe les esprits.

D'ailleurs, mon ami, tu connois cet habit ginguet qui donne à ceux qui le portent l'air d'un maître de danse, les boutons qu'on y attache sont des plus bizarres, & il faut s'y accoutumer pour n'en pas rire. Un François habillé tel qu'il eſt, ſemble un perſonnage burleſque compoſé de quatre à cinq pieces différentes ; au lieu du moins que de la tête aux pieds, nous ſommes d'une maniere uniforme.

On m'a dit que depuis un ſiecle, on a tourné, retourné les habits françois de mille manieres diverſes, & que chaque mois imprime ſon paſſage ſur l'accoutrement de ceux qu'on nomme petits-maîtres. C'eſt une affaire importante à traiter qu'une mode nouvelle ; on en raffolle, & l'on n'en dort pas juſqu'à ce qu'elle ſoit publique.

Pour nous, mon cher, toujours les mêmes, toujours également habillés, nous conſervons nos formes gothiques, & nous ſerions bien fâchés de les perdre. C'eſt dans le cœur de l'homme qu'il doit y avoir des changemens pour ſe perfectionner de plus en plus, diſoit l'immortel Babuk, un de nos grands philosophes, & non dans les habits. Pourquoi ne pas imiter la nature, elle qui, si belle & si sage, ne change jamais sa maniere d'exister; la violette aura sa couleur dans mille ans comme aujourd'hui, l'éléphant sa même forme, le perroquet son même plumage.

Si la chose dépendoit des Européens, & sur-tout des François, la rose seroit noire une année, bleue la suivante, & ainsi du reste.

On fit hier sous mes fenêtres une exécution. Un malheureux, pour avoir fait perdre quelques sous à son maître, perdit la vie. Sa mort fut un spectacle amusant pour la multitude; on y courut comme au théâtre. Je t'avoue que cela me glaça le cœur; de sorte qu'un Indien qu'on croit barbare, est mille fois plus sensible que le François dont on prône la douceur & l'urbanité. Cela me tient en garde contre les réputations, & je ferai déformais comme ce philofophe qui, dans la crainte de fe tromper, ne vouloit dire de perfonne ni du bien ni du mal. Avoit-il fi grand tort?

Les Juifs viennent m'affaillir pour me vendre au centruple, felon leur ufage, les plus mauvaifes marchandifes; ils fe plaignent amerement de ce qu'on les vexe de toutes parts; leur fort eft réellement à plaindre, & s'ils font tous ufuriers, c'eft qu'on les y force; ne pouvant rien avoir en propre, ils fe dédommagent par leur aftuce autant qu'il leur eft facile. On me dit qu'on n'a jamais voulu leur donner une fynagogue à Paris, tandis que le grand Archimandrite de la religion chrétienne, leur laiffe dans Rome même le plein exercice de leur culte. Il fuffit de voyager pour voir des inconféquences, & fur-tout depuis quelque tems.

Je m'applique à connoître les grands hommes qui ont illustré la Provence. Le soleil du pays a magnifiquement servi les habitans ; il a fait fermenter leur esprit d'une maniere admirable, jusqu'à leur donner un prophete dans la personne du grand Nostradamus, qui, à force d'obscurités qu'il n'entendoit pas lui-même, a trouvé le moyen de se faire une réputation.

Les Provençaux prétendent que les grands prédicateurs, ces ministres de la religion qui montent sur une espece de théâtre, & qui, moyennant de grands gestes & de fortes paroles, fulminent contre les pécheurs, ont pris naissance dans leur pays.

J'en entendis un l'autre jour, & je n'entendis rien, tant il alloit vîte, & tant il faisoit de bruit. Il me semble qu'il faut que des auditeurs soient bien subtils & bien préparés, pour saisir à la volée des paroles si rapidement prononcées : ſans doute ils attendent cette merveille du ciel.

Que tes lettres ſont long-tems à venir ! Si les prodiges étoient à ma diſpoſition, le premier que je ferois ſeroit de joindre l'Inde à la France ; mais je mettrois pour condition, que notre pays n'y perdroit rien du côté du climat. Adieu.

A Arles, 1788.

LETTRE XXXIII.

A Solime.

LA plus grande preuve que je t'adore, c'est qu'après avoir vu ici des femmes dont chacun vante la beauté, je suis plus rempli que jamais de tes charmes, & de l'amour que tu m'inspireras toujours.

On eut beau me dire que je ne pourrois résister à leurs attraits, je ne craignis rien pour mon cœur; je savois qu'il étoit entierement à toi, & j'étois tranquille. Elles sont vêtues de la maniere la plus séduisante; il n'y a rien dans tout leur extérieur dont elles ne tirent le plus grand parti, pour attirer les bonnes graces de ceux qui les voient; c'est un bien, disent-elles, qui leur appartient le plus légitimement du monde, & dont elles ont droit de diſpoſer, ſans avoir beſoin de la ſignature d'aucun homme public. Telle eſt la réponſe qu'elles donnent aux miniſtres de leur religion, lorſqu'ils tonnent contre leurs écarts. Il y en eut une qui vint dernierement chez ſon directeur, le cantique des cantiques à la main, en diſant : voilà mon apologie ; je ne veux pas être plus ſage que Salomon qui l'a compoſé.

On m'a raconté une autre aventure qui n'eſt point inférieure à celle-ci. Une mere avertie que ſa fille ſe rendoit régulierement à l'entrée de la nuit à l'extrémité d'un jardin, pour paſſer quelques momens avec un officier, crut devoir prendre ſecretement ſa place. L'amant trompé par les ténebres, ne s'apperçut point de l'équivoque, & la mere prétend n'avoir pas péché, parce qu'elle doit, dit-elle, approfondir la conduite de ſes enfans.

On feroit une Encyclopédie de toutes les aventures qui ſurviennent dans une ville trop vivement échauffée par le ſoleil; ce qui détermina jadis un Evêque Sicilien à ne pas prendre le ſiége de Palerme.

Elle eſt brûlante, diſoit-il, & tous les vices s'y trouveront, tant en plein air qu'en eſpalier.

Un Abbé vient de me perſécuter pour me faire accepter une dédicace. C'eſt un pompeux éloge qu'il prétend faire de mon pays qu'il ne connoît pas, de ma perſonne qu'il connoît encore moins, & qu'il ſe propoſe de placer à la tête d'un livre dont il eſt l'Auteur.

Je l'ai renvoyé à nos Ambaſſadeurs, en l'aſſurant qu'il y avoit la matiere à louer, ſoit du côté du mérite, ſoit du côté du rang; mais que des louanges qui me feroient relatives, ne pourroient paffer que pour une plaifanterie. Ce pays-ci fourmille d'Ecrivains, dont toute la fortune confifte à vendre un futile encens; moins on le mérite, plus il eft payé. Les faifeurs de dédicaces ne font néanmoins plus fi communs. Les gens en place étant ici très-fujets à changer, on craint qu'une dédicace ne les trouve plus en faveur dès qu'elle fera mife au jour.

Pour toi, mon illuftre & chere amie, toujours fûre d'avoir la même place dans mon cœur, tu peux compter fur la ftabilité des louanges que je t'adreffe; jamais elles ne feront rétractées, parce que, toujours immuable dans la vertu, tu ne cefferas jamais de les mériter. *Adieu*; ce mot termineroit dans l'inftant ma vie, fi je croyois qu'il dût être éternel.

A Arles, 1788.

LETTRE XXXIV.

A Glazir.

JE quitte Arles pour viſiter Aix, & par-tout je trouve des hommes d'un eſprit fécond. L'imagination des Provençaux s'allume comme un volcan; & c'eſt un plaiſir de les entendre lorſqu'elle eſt exaltée; il y a des traits de feu dont nos Indiens ſeroient frappés.

Aix eſt une ville antique, célébre par une proceſſion bizarre qui ſe fait une fois l'année, & où l'on a pris le ſoin de mêler le profane & le ſacré d'une maniere groteſque, & même indécente. Les habitans eux-mêmes en rient, & ils n'ont pas le courage de la ſupprimer, quoiqu'on l'ait mitigée.

Ce n'eſt pas la ſeule ſuperſtition qui regne dans ce pays. Il y a je ne ſais combien de pélerinages, où, ſous prétexte d'aller honorer ce que les chrétiens appellent des ſaints, on ſe livre à la débauche.

Un homme vraiment original nous a conté l'hiſtoire de ſa femme de la maniere la plus burleſque. Je ſuis de Marſeille, nous dit-il, & le haſard me fit connoître une ſainte qui arrivoit de Rome chargée de reliques & de chapelets. Sans être dévot, j'aimai toujours les perſonnes qui ont de la piété, & infiniment ſatisfait de trouver dans une perſonne du ſexe une vertu ſublime, je réſolus, s'il étoit poſſible, de l'épouſer. La choſe n'étoit pas facile. Elle étoit ſi pure, qu'elle auroit preſque mis le mariage au rang des péchés. Sa famille qui ſortoit d'Avignon, ſa fortune, tout cela me convenoit parfaitement.

Les bans ſe publient, le jour eſt pris, enfin l'on ſe marie. Jamais je n'entendis

tendis autant d'oraiſons que le jour de mes nôces. Ma nouvelle épouſe ne ceſſoit d'adreſſer des ſuppliques au ciel à l'approche d'une concluſion qui allarmoit ſa pudeur. L'heure de ſe coucher arrive ; elle frémit craignant, comme le feu, de franchir l'eſpace qui conduit au lit nuptial. Enfin après bien des ſimagrées, elle ſe trouve à mes côtés ; nouvelles frayeurs, nouveaux embarras. On pleure, on ſe plaint ; il s'agit d'une colique violente qui ſurvient tout-à-coup, & que j'attribue au peu de nourriture qu'on a priſe dans la journée ; car, hélas ! notre ſainte avoit voulu jeûner.

On n'y peut plus tenir, on deſcend du lit, on ſe laiſſe aller dans un fauteuil ; les cris redoublent, le mal devient plus violent que jamais, & finalement on accouche.

Mais la bonne innocente, comme

elle le dit elle-même, a fait cela sans pécher, car elle n'a jamais cessé de s'unir à Dieu. Moi bon, moi compatissant, j'entre dans ses peines, j'empêche l'éclat, & respectant sa vertu jusques dans un pareil écart, je la console, je la rassure, & nous vivons dans la meilleure intelligence. Ma maniere de penser, est que le sachant ou ne le sachant pas, presque tous les maris subissent le même sort, & qu'il vaut encore mieux en être instruit; on sait du moins à quoi s'en tenir; & la femme, après une telle équipée, ne donne plus de prise sur sa conduite.

Je t'avoue, mon cher, qu'un tel aveu de la part d'un époux me surprit infiniment. Il raconte la chose à qui veut l'entendre. Sa femme n'en est pas plus contente; mais il a cru que c'étoit la seule maniere de la punir.

Oh! le bon mari! oh! la digne

épouse ! L'on ne prendroit pas maintenant en Provence pour toute chose au monde une femme garnie d'agnus & de chapelets.

On est extrêmement sobre dans ce pays. Tu serois étonné du peu qu'il en coûte pour nourrir toute une famille. Le Provençal dit qu'il s'en porte mieux ; mais semblable à l'Italien, il mange très-bien hors de chez lui.

J'enrage quand je pense que mes lettres ne te parviennent qu'au bout de cinq ou six mois. Je prendrai désormais une voie plus abrégée ; celle d'Alexandrie ; par ce moyen, elles fileront le long de la mer rouge & du golfe persique.

Adieu ; de longs embrassemens, je te prie, à tous les miens, comme le gage de mon souvenir & de mon cœur.

En Provence, 1788.

LETTRE XXXV.

A Faldek.

J'APPRENDS que tu jettes les hauts cris contre moi de ce que je partis ſans te dire adieu. Si tu ſavois que c'eſt pour moi la choſe la plus laborieuſe qu'un adieu, qu'une ſéparation comme la tienne décompoſe tout mon être, tu ſaurois m'excuſer. Qu'eſt-ce en effet qu'un adieu, ſinon l'incertitude de ſe revoir, ſinon l'inſtant le plus cruel qui emporte avec ſoi l'idée même de la mort. Melſac t'aura dit la route que j'ai tenue, il t'aura lu mes miſſives.

Je n'ai point oublié les jeux de notre premiere enfance, cet âge que tout le monde trouve admirable, & que je trouverois de même, s'il ne ſe passoit pas dans la crainte. Tout le bonheur qu'on y goûte, c'est qu'alors le chagrin ne laisse aucune trace ; mais toujours des parens & des maîtres redoutables par leurs châtimens & leurs menaces. Ils m'auroient rendu hargneux à force de gronder, si je n'avois eu cette gaîté naturelle que tu me connoît.

Me voilà bientôt au moment de voir de belles choses, d'être témoin de grandes aventures : elles sont extrêmement multipliées dans ce pays. Il ne s'agit pas, comme chez nous, d'expéditions soldatesques, de révolutions meurtrieres, mais il est question de petites guerres sourdes, qui, pour n'avoir pas d'éclat, n'en sont que plus dangereuses, d'intrigues & de fourberies maniérées, moyennant lesquelles on se supplante avec autant de promptitude que d'adresse,

& le tout en s'embrassant, & en se jurant une amitié éternelle.

Non, mon cher, non, nous ne connoîtrons jamais ces cruelles intrigues, qui sont la ruine entiere de l'honneur & de la probité.

Je ne suis encore qu'au vestibule de la France, mais que je trouve garni de gens d'esprit, dont la conversation est pittoresque. Cela m'arrêtera plus long-tems que je ne croyois. Le Provençal ajoute à l'énergie de la langue françoise, & tout en parlant, il dit des choses qu'on voudroit écrire. J'ai su par une voie indirecte, qu'on t'avoit chicané sur tes possessions. Hélas! où cette disgrace n'arrive-t-elle pas? Quand je serai instruit des injustices qui se commettent dans ce pays par le ministere même de ce qu'on nomme justice, tu trouveras que les malheurs dont tu te plains, ne sont qu'une légere égratignure.

Ici l'on écorche le plaideur tout vif ; & il n'est plus qu'un squélette, quand il a passé sous la scapelle de deux ou trois anatomistes, qu'on appelle *Procureurs*. Ce mot répond à celui de *Kragoug*, par lequel nous désignons nos magistrats subalternes.

Sois désormais attentif à défendre ton bien. Nous en perdons assez pendant nos guerres, pour soigner au moins en tems de paix celui qui nous reste.

Relis notre sainte loi sur les jugemens téméraires, quand tu t'aviseras dorénavant de me condamner ; une lettre n'est pas toujours le signe certain de l'amour ou de l'amitié. Il n'y a jamais eu plus de mensonges que dans les missives. Je t'embrasse treize cents fois, nombre mistérieux selon la cabale, & qui doit te convaincre de toute l'affection de mon cœur.

En Provence, 1788.

LETTRE XXXVI.

A Glazir.

J'EUS hier une theſe à ſoutenir, & une theſe importante ; une langue légere s'aviſa, dans une nombreuſe ſociété, de parler avec une ſorte d'indignation de Tipoo-Saïb, notre généreux Souverain, par la raiſon qu'il n'eſt fils que d'un uſurpateur.

Toute la différence lui dis-je, qui ſe trouve entre les Souverains & le nôtre, c'eſt qu'ils ſont plus anciens conquérans qu'Hyder Ali.

Ce ne fut qu'en diſputant la couronne au prix de ſon ſang, qu'on acquit le droit de la porter.

Ma mémoire & mon imagination m'ont parfaitement ſervi, & j'ai fait paſſer en revue d'une maniere rapide les

les différentes époques qui affermirent l'autorité des Monarques. Je fis voir qu'ici ce fut le sabre, le poison qui mirent successivement toutes les régions de la terre en combustion, & qu'alors le plus adroit, ou le plus fort se fit obéir.

Je vins jusqu'aux Gaulois, parce qu'il falloit à l'homme que je battois en ruine un exemple frappant. Il ne répondit qu'en élevant la voix; car dans toutes les disputes l'homme qui a le plus de tort ne se tait jamais.

On finit par être unanimement de mon avis, sur-tout lorsque je démontrai qu'il y avoit des pays où l'usurpation n'emportoit pas l'idée d'atrocité, soit que les peuples y fussent acoutumés, soit que cela fût regardé comme une chose convenue.

L'on est toujours éloquent lorsqu'on parle pour sa patrie. Je donnai une bonne opinion des Indiens. On vit que nous ne ſommes pas auſſi ignorans qu'on aime à ſe perſuader. Il y a des gens, croirois-tu, qui s'imaginent que nous ne ſavons ni lire, ni écrire; & que ſemblables à l'habitant des forêts, nous n'exiſtons que pour végéter, comme ſi notre fréquent commerce avec les étrangers ne nous avoit pas éclairé, comme ſi les Anglois & & les François en nous communiquant une partie de leurs connoiſſances, ne nous avoient pas rendus différens de ce que nous étions, quoiqu'il ſoit conſtant que nous eûmes toujours des poëtes, des moraliſtes, des phyſiciens. Les hautes ſciences ne nous ont jamais été inconnues, mais quand on ne fait point imprimer, on vit ignoré.

J'apprendrai ſûrement à Paris, que nos Ambaſſadeurs auront prouvé que l'Inde n'eſt point auſſi inculte qu'on imagine. Nous nous escrimons continuellement pour combattre des dogmes, ou pour les soutenir à la maniere des Européens ; mais nous n'exerçons pas de critique amere contre ceux qui ne sont pas de notre avis, &, en cela, nous méritons plutôt d'être loués. Nous osons même dire que la France, malgré tout le respect que nous avons pour ses lumieres, & pour sa législation, ne se donne que trop souvent en spectacle par des querelles littéraires, qui excitent le rire des étrangers.

J'apprends réellement à disputer depuis que je fréquente les François. Ils aiment ces combats d'esprit qui réveillent la conversation.

Il y a ici des colleges où l'on forme la jeunesse, & où je vais quelquefois prendre une teinture de physique & de géométrie. La méthode m'en paroît bonne, mais trop longue. Il me ſemble que pour inſtruire, il faut prendre la voie la plus abrégée.

Leurs theſes ſont en latin, & ſi j'avois le talent & l'honneur de les faire, je retrancherois la moitié des queſtions. On eſt trop eſclave de la routine, ſous prétexte qu'il ne faut rien innover, comme ſi avec un tel principe on ne pouvoit rien perfectionner.

Malgré les plaiſirs qu'on me procure, mon plus grand conſiſte à rentrer dans mon propre cœur où je retrouve ma patrie, & où je te revois avec le tranſport d'une allégreſſe inexprimable.

Je ne donnerois pas ma poſition pour tous les ſceptres du monde, quand ſeul avec moi-même & avec toi, je laiſſe courir une plume qui te trace mes idées, en ſuivant les mouvemens de mon cœur.

Que toutes les joies pures, & ſans tache répandues dans l'univers, viennent remplir ton ame, ce ſouhait eſt digne de tes vertus, je le fais dans toute la ſincérité dont tu me connois capable. Adieu.

LETTRE XXXVII.

A Palmyra.

TON nom vient ſe placer lui-même ſous mes doigts, ma chere, & toute aimable Palmyra, parce qu'il eſt conduit par mon cœur. Eh! à qui écrirois-je, ſi ce n'eſt à toi la joie de mon ame, & le bonheur de mes jours? Déjà l'on te connoit dans ce pays; car il faut que je parle à tout le monde de ce que j'aime; mais ce qui me fâche c'eſt qu'on me croit amoureux, & conſéquemment ſuſpect, quand je parle des agrémens de ton caractere, & de ta beauté. L'on ſe perſuade que j'ai puiſé dans des Romans le portrait que je fais de ta perſonne, & de tes vertus; cela paroît trop beau, pour qu'on y ajoute foi.

Alors, je ne peux me contenir, & des pleurs produits par le désespoir, viennent mouiller mes yeux.

J'accuserois volontiers le monde entier de ce qu'il ne te connoit pas, parce que tu es faite pour être connue de tous les mortels.

Oui ; je suis sûr que s'il m'étoit possible de cueiller toutes les fleurs de l'univers, je n'en cueillerois jamais autant qu'il y a de vertus dans ton cœur.

Ah ! ma chere & tendre amie ; autant de lieues qui nous séparent, autant de chagrins qui me rongent, & qui me désesperent. Quand viendra le moment, où, réunis sous le même toît, je te raconterai les événemens de mon voyage, & tu me rendras l'impression que t'a causé mon absence.

On croyoit me détacher de toi, & l'on avoit fait la gageure d'en venir à bout, en me produisant une jeune vierge, capable de séduire les hommes les plus vertueux. Bientôt on reconnut qu'on s'étoit trompé. Un douloureux soupir rappella ton souvenir, & mon domestique eut ordre sur le champ, de conduire hors de ma maison, celle qui venoit à dessein de mettre le trouble dans mon cœur, & de me faire fausser le serment que je t'ai voué.

Les Indiens, a-t-on dit, d'après ce trait de fermeté, sont capables des plus grandes choses, & ils nous montrent combien on doit les estimer.

Ma maxime a toujours été, que tout étranger qui voyage ne sauroit trop faire respecter sa nation.

Va de ce pas, ma chere amie, embrasser de ma part Ruglek & Nirtok. Dis leur que toujours sensible à leur amitié, je les chéris comme tes sœurs, & comme les emblêmes de la vertu. Si les Déesses venoient sur la terre, elles prendroient leurs traits & les tiens. Quel front! quelle chevelure! quelles couleurs! quelle majesté! L'étoile rayonnante du matin n'a rien d'aussi beau. Ne doute pas que les anciens ne vous eussent toutes placées au rang des constellations; mais il faut des astres sur la terre, comme au firmament. Adieu.

LETTRE XXXVIII.

De Solime à Zator.

Est-il donc vrai qu'après tant d'impatiences, & tant de jours écoulés, je reçois une lettre de mon cher Zator; elle sera jusqu'à la fin de ma vie placée sur mon cœur; il en sera plus énergique & plus vertueux. Ton absence me seroit moins insupportable si j'étois instruite des hasards que tu cours en voyageant.

Il m'est facile de me trouver en esprit dans les lieux où tu t'arrêtes; mais il m'est impossible de deviner tes événemens; & voilà ce qui me tue.

Ce soleil que nous voyons tous les jours, quoiqu'à des distances aussi éloignées, devroit au moins avoir une voix pour nous instruire de ce que font nos amis absens. Oh! comme je l'irois chercher avant même qu'il parût ; comme je le suivrois jusqu'au moment où il va se coucher. On ne me verroit plus qu'avec le Soleil ; il deviendroit mon unique société, & ce seroit dans les lieux les plus solitaires, au milieu des bois & des rochers, que je me plairois à l'entendre parler.

Tes parens se portent bien ; ton oncle est toujours fâché de ne te plus voir. Il dit que c'est manquer de respect à sa patrie, enfin aux Indes mêmes ce pays si lucide & si beau, que de s'en arracher, pour aller voir des terres qui valent mille fois moins. Il ajoute que ton attachement pour tes proches aura diminué, à proportion que tu te seras éloigné d'eux. Je tremble que cette prédiction ne soit vraie.

Je te confie à toi-même que je ne serois pas maîtresse de ma fureur, si pareille chose arrivoit, & que mon amour ſe tourneroit dans la haine la plus décidée. Non, je me trompe... je ne pourrois jamais te haïr... Un ſimple regard ſur ton portrait calmeroit ſur le champ ma colere la plus effrénée, parce que ce n'eſt pas la paſſion qui m'attache à toi, mais le charme puiſſant de ta vertu.

Je ne ſuis point en peine de tes deux eſclaves, Drot & Anſur. Je ſais que tu les traites comme des amis malheureux, & cela me ſuffit. Dieu ſait combien je les interrogerai quand ils reviendront. J'envie leur ſort, parce qu'à tout moment ils peuvent t'entendre & te voir. Adieu le beaume de ma vie, la fleur de mon eſprit, la joie de mon cœur. Encore une fois adieu.

Je baiſe ce papier à ton intention, baiſe-le de même, & quoiqu'à des diſtances infinies, nous aurons baiſé le même objet.

LETTRE XXXIX.

A Durbik, mon esclave.

AUROIS-JE jamais pu croire que tu deviendrois un serviteur infidele, & que loin de veiller à mes intérêts, comme je t'en ai chargé lorsque j'ai quitté le pays, tu négligerois mes propres affaires avec une insouciance qui n'a pas d'exemple. On me marque que mes biens sont à l'abandon, que ta vie se passe dans la débauche, qu'il n'y a plus de traces de sagesse dans ton ame qui avoit été si bien formée ; toute ma famille me conjure de te faire mettre aux fers ; & mon cœur encore sensible à la pitié, se refuse à cet acte de justice.

As-tu donc oublié que j'ai pris soin de ton enfance, lorsque tu n'avois que le ciel pour toît, & que la terre pour matelas; que je t'arrachai des mains d'une marâtre qui ne demandoit pas mieux que de te faire périr; que je franchis l'intervalle immense que l'usage a mis parmi nous entre un maître & un esclave, pour t'élever comme si tu eusses été d'une classe distinguée.

Je pleure sur tes égaremens, pendant que c'est toi même qui devrois verser un torrent de larmes. Je me rappelle en soupirant cette candeur qui te rendoit alors cher à tout le monde.

Pourras-tu croire après les bons exemples & les instructions que je t'ai donné, que le vice est préférable à la vertu, que la sagesse n'a rien de recommandable.

Je me flatte peut-être, mais j'espere que les sentimens que je t'ai inspiré se réveilleront dans ton ame, & que tu effaceras, par l'attention le plus ſcrupuleuſe à remplir tes devoirs, la faute que tu as commiſe.

Je me repréſente le moment où, me baiſant les mains lorſque je partis, & les arroſant de tes larmes, tu me jurois une fidélité inviolable, comme une marque de ta reconnoiſſance. Un maître fût-il au bout du monde, eſt toujours préſent au ſerviteur qui connoît la néceſſité d'obéir, & qui s'en fait une douce loi.

M'as-tu jamais vu employer des paroles dures à ton égard, & ne ſais-tu pas que pendant que mon voiſinage retentiſſoit des clameurs, excités par la colere des maîtres qui frappoient impitoyablement leurs eſclaves, tu te félicitois d'être attaché à mon ſervice.

Reviens à toi-même, je t'en conjure, encore plus pour ton propre avantage, que pour mes intérêts; que cette lettre devienne l'époque d'un changement subit. Je suspends donc ma vengeance espérant que tu vas réparer tes torts, & que tu seras convaincu, dans cette circonstance, que je t'aime encore malgré tes égaremens.

LETTRE XL.

A Wolska, ma sœur.

TU pleures mon absence, ma chere sœur, & cela m'afflige. Je n'étois pas plus sûr de ma santé & de ma vie, lorsque j'étois dans l'Inde, que je le suis présentement. La douleur & la mort nous saisissent dans tous les lieux du monde. Je me porte bien, graces au ciel, le voyage m'ayant donné plus de courage & plus de vigueur. J'ai couru les mers sans risque, j'espere les repasser de même. Il est une providence qu'on ne peut méconnoître, & qui veille d'une maniere admirable sur tous les humains.

C'est un chapitre que je traitois, ces jours derniers avec un philosophe vraiment vertueux. Je n'ai point d'autre bien ſur la terre, m'a-t-il dit, que la providence. Elle a pris ſoin de ma perſonne dès mon bas âge, & elle ne m'a jamais manqué. Auſſi quand je ſuis preſſé par le beſoin, que je ne puis toujours ſatisfaire par l'effort de mon travail, je vas dans le temple de l'Éternel, & je lui dis avec la confiance la plus entiere : tu ſais, être bienfaiſant, que je n'ai point d'autre banquier que toi, & que voici le moment de laiſſer tomber quelque goutte de tes biens ſur ma chétive perſonne.

Cette priere, m'ajouta-t-il, n'a jamais manqué d'avoir ſon effet; & j'ai remarqué que par des événemens que je ne puis ni deviner, ni concevoir, il me venoit des ſecours inopinés; tantôt c'étoit un billet de loterie qui me devenois profitable, tantôt un inconnu qui me demandoit quelqu'ouvrage ; & c'eſt ainſi que ſans être à charge à perſonne, le ciel lui même ſe charge de ma nouriture & de mon entretien.

Je lui répondis qu'il n'y avoit pas de meilleures lettres-de-change, que celles qui étoient acquittées par le maître de l'univers.

J'aſſiſte en eſprit à tous tes entretiens, perſuadé que j'en ſuis ſouvent l'objet. J'ai connu ta tendreſſe preſque dès mon berceau, & c'eſt le ſouvenir le plus cher à mon cœur. Je te déſire tous les jours dans les ſociété que je fréquente. Ta brillante imagination s'aſſocieroit à merveille à celle des Provençales. C'eſt un débordement d'eſprit & d'amabilité, que leur converſation. On s'y diverſifie de maniere qu'on y paſſe du ſérieux au badin, avec tout l'agrément poſſible.

Elles ne veulent pas me laiſſer partir pour Paris, & cependant il faut que je m'y rende, à deſſein de participer aux connoiſſances que vont acquérir nos Ambaſſadeurs. On les fête avec une magnificence digne du Monarque & de la nation.

Celui que tu connois particulierement, & dont la noble fierté ta toujours plu, te fera le récit le plus intéreſſant de tout ce qui l'aura frappé. Ils ſont tous les trois parfaitement bien partagés, l'un a le bon ſens & la dignité, l'autre beaucoup d'acquit & d'eſprit, le troiſieme des vertus réfléchies qu'on ne ſauroit aſſez louer. Auſſi ſont-ils du choix de notre ſouverain qui ſoutient parfaitement l'honneur d'être le fils de l'immortel Hyder-Ali.

Les grandes qualités, ma chere ſœur, ne tombent jamais dans l'obſcurité. Hyder-Ali s'éleve par lui-même; de simple officier il devient général, ensuite souverain, & son mérite, comme sa gloire, passent dans tous les pays, & la plane ainsi que le burin éternise sa mémoire.

Tu as eu le bonheur de le connoître & d'en être estimée. Plaignons-le de s'être vu contraint d'en venir à certaines extrémités, mais en pensant qu'il fut conquérant, & qu'il est impossible de le devenir, sans employer des moyens violens.

Malgré les clameurs des Anglois, il ne sera pas moins vrai qu'il a singulierement contribué à relever notre nation, & que la portion des Indes qu'il a subjuguée, lui devra à jamais l'honneur d'entrer en négociation avec les Souverains, & d'envoyer des Ambassadeurs au Monarque le plus puissant. Adieu, quand je t'écrirois plus longuement je ne pourrois mieux t'exprimer toute l'ardeur de mon amour. Ce qu'il y a de sûr, c'est que les liens de la parenté sont chers, mais indissolubles comme ceux de l'amitié. Je t'embrasse de toute mon ame, & je suis de tout mon cœur, &c.

LETTRE XLI.

A Glazir.

JE ne puis quitter la province, sans doute, à raison de l'analogie qu'il y a entre le soleil des Provençaux, & celui des Indiens. On m'amuse ici par mille récits intéressans, & l'on me promene chaque jour dans de petites maisons de campagne, qu'on nomme Bastides, & qui sont réellement si petites, qu'on peut à peine s'y loger, & d'ailleurs si proche les unes des autres, qu'on entend tousser son voisins. Elles forment le plus charmant effet aux yeux de quiconque arrive à Marseille. On les prendroit volontiers pour des tentes, à raison de leur blancheur, & de leur exiguité.

J'arrive en France, dans un moment

où l'on eſt en combuſtion relativement à l'adminiſtration des finances, & un bon pere Capucin, me diſoit hier à cette occaſion, le meilleur adminiſtrateur des finances qu'on ait jamais eu, fut notre fondateur. Il habille tous ſes ſujets, il les loge, il les nourrit ſans avoir ni billets, ni actions, ni tréſors. Comme l'argent fut toujours la cauſe des plus grandes révolutions, tantôt par des banqueroutes, tantôt par des rapines; le plus court moyen eſt de n'en point avoir, & de ne manquer de rien.

Je t'avoue que ſa réflexion me parut plaiſante, d'autant mieux qu'il la croyoit juſte; mais on pouvoit lui dire, ſi ce n'eſt pas votre argent, c'eſt au moins celui des autres qui pourvoit à tous vos beſoins.

Il y a ſans doute un vice radical qui met preſque par-tout les finances en déſordre. On crie ſans ceſſe contre notre

notre luxe asiatique, & je crains bien que le luxe Européen ne soit encore pire, & qu'il n'ait occasionné tant de faillites dont on se plaint.

Ah! du moins, mon cher, notre administration toute singuliere qu'elle est, ne nous réduit point aux abois.

Le grand malheur de la plupart des Royaumes est de n'être jamais au bien, pour vouloir arriver au mieux, de changer continuellement de ministres & de systêmes. L'univers n'est sagement administré, que parce qu'il a pour le régir un être immuable.

Nous verrions de plaisantes révolutions, si le gouvernement du monde dépendoit de nos hommes légers, me disoit un François plein de bon sens. Bientôt l'hiver prendroit la place de l'été, la terre celle de la mer, & bientôt nous verrions les fruits comme les fleurs, changer de couleur & de forme. On ne pourroit plus compter ni ſur la nuit, ni ſur le jour; le ſoleil ſe leveroit à minuit, & ce ſeroit un tel boulverſement dans la nature, qu'on n'apperçevroit plus qu'un affreux cahos.

Il n'appartient qu'à l'eſprit d'Ordre de tenir les choſes dans l'état où elles doivent être; & l'on a tout perdu, quand on perd cette bouſſole.

Prends ſoin, je te conjure, de viſiter ſouvent ma petite ménagerie. Les animaux qui la compoſent ſont plutôt doux que rares, & c'eſt ce qui me les rend chers. On voulut autrefois m'en donner de magnifiques, mais méchans, & je n'héſitai pas d'un moment à les refuſer. La vie du moindre eſclave m'eſt trop précieuſe pour l'expoſer à la fureur d'un quadrupede.

Tu te ſouviens encore d'avoir vu ramaſſer les membres palpitans du malheureux Ibnen, qu'un léopard venoit de dévorer. Hélas! ſa maîtreſſe éperdue, se jetta sur les tristes restes, avec un transport de colere & d'amour qu'on ne peut exprimer. Si j'avois le discours qu'elle adressa, pour lors, aux mânes de son amant, & où tous les genres d'éloquence se trouvoient jettés comme au hasard ; il étonneroit les Européens, malgré le droit ou la prétention qu'ils ont de se croire les premiers génies de l'univers.

Adieu. Chaque minute me console, parce qu'elle m'approche du tems où nous nous reverrons.

LETTRE XLII.

A Glazir.

COMMENT, mon pauvre Glazir, i s'en est peu fallu que tu n'aïes pass le rivage des morts. Les tremble mens de la Sicile ne sont qu'un image de ce qui seroit arrivé dan mon cœur. Mourir si jeune, mouri si loin de moi, mourir quand on a tes vertus. Ah! mon ami, je n'auroi pu survivre à cette étrange catas trophe.

Je te voue désormais, d'une maniere toute particuliere, à la protection de notre prophete, & c'est assez pour me rassurer sur ton sort. Tes femmes ont dû bien souffrir au moment d'une si grande perte.

Ton pere mourant sut ranimer son

courage, lorſque ſa famille fondoit en pleurs, & il parla de ſon paſſage à l'éternité, avec le même calme que s'il eût été queſtion d'un ſimple voyage. Un peu de terre qu'on a mis dans ce monde, lorſque je ſuis venu, retourne, dit-il, à ſon centre, & voilà ce que vous pleurez. Quant à mon eſprit, il demeurera ſans ceſſe au milieu de vous, & dans le tems même où vous le croirez indifférent ſur votre ſort, il vous inſpirera.

Tu ſais que la mort n'eſt rien pour nous, & qu'elle ne doit être pour l'homme vertueux qu'une extenſion d'être, & le commencement de la vraie félicité.

On en eſt ici tellement perſuadé qu'on y prend ſans ceſſe des acomptes ſur ce bonheur. Les Provençaux aiment ſigulierement le plaiſir, & ſi je voulois être de toutes leurs parties, je ne trouverois pas un moment pour écrire; mais toute ma vie j'ai ſu me ménager dans mon cœur, un petit coin de réſerve, où, loin du tumulte du monde & des paſſions, je m'occupe en ſilence de ce qui remplit mon ame, & de ce qui la ſatisfait.

Je fais de tems en tems quelques petites excurſions ſur mer, avec un homme plein de feu, & que la vieilleſſe ne rend que plus intrépide & plus courageux. Il écrit encore avec la plus grande énergie; & quand on ſait qu'elle fut ſa premiere éducation, l'on eſt tout étonné de le trouver auſſi parfait.

Voici ſon hiſtoire, comme lui-même me la racontée. Auſſi indocile que pareſſeux dans ſes premieres années, il abhorroit les livres & les maîtres. On ne ſavoit enfin quel moyen employer pour lui inſpirer l'amour du travail, quand on engagea ſa mere à prendre un précepteur. Tout le bien qu'on lui dit d'un abbé la détermina, & l'on ne fut jamais plus étonné que de voir celui qui ne vouloit rien faire, prendre l'étude à cœur avec une ardeur incroyable, & ne pouvoir plus exister sans son nouveau précepteur. Cet homme habile à s'insinuer dans le cœur de son éleve, le rendit en peu de tems tel qu'il voulut. Le jeune homme ne connoissoit plus d'autre récréation que le plaisir d'être avec un livre ; & ses progrès devenoient si rapides, que tous ses parens en étoient stupéfaits.

Mais, hélas! le précepteur s'arrache à son disciple, sous prétexte d'aller à Marseille, où il avoit quelques affaires, disoit-il, à terminer. Il ne revient point au jour marqué, & le prévôt de la maréchaussée le cherchant par-tout pour l'arrêter, l'on se présenta chez le pere du jeune homme, en lui apprenant que cet abbé si sage, si capable de bien élever la jeunesse, étoit tout simplement le premier disciple de Cartouche, un des plus célebres voleurs que la France ait jamais eu. Las, sans doute, d'un genre de vie si déshonorant & si périlleux, il avoit pris le petit collet pour mieux se déguiser; & soit crainte d'être connu, soit effet du repentir, il ne parloit que de la vertu, & ne s'étudioit qu'à la faire aimer. Ce qu'il y a de sûr, c'est qu'on ne l'a plus revu, & qu'il jetta les premieres semences de vérité dans le cœur du jeune homme dont il s'étoit chargé. Il le prit un jour entre ses bras, au moment qu'on alloit exécuter un criminel, & il lui dit les choses les plus patétiques sur les malheurs auxquels est exposée notre pauvre humanité.

Notre respectable vieillard m'attendrit vivement par ce récit, & cela nous apprend que nous dépendons beaucoup des circonſtances pour le mal, comme pour le bien.

Krabler, notre ami, vouloit compoſer un petit ouvrage intitulé : *les Circonſtances ;* & qui auroit prouvé qu'elles ſont preſque tout dans le monde politique & moral. On devient riche ou pauvre, foible ou puiſſant par circonſtance ; de ſorte que ſi les circonſtances n'avoient bien ſervi l'immortel Hyder-Ali, il ne ſeroit jamais parvenu au faite de gloire où il eſt arrivé.

Si Céſar ne paſſe pas le Rubicon, Céſar n'eſt plus qu'un particulier, & ſes conquêtes n'ont pas lieu. C'eſt la plus petite circonſtance qui a déterminé mon départ ; malgré la fureur de m'inſtruire que je puis dire être innée chez moi, je n'aurois jamais eu le courage de m'arracher à mon pays & aux miens, ſans une parole dure que proféra mon oncle. Combien cette parole ne m'eſt elle pas devenue douce par la ſuite, puiſque je lui dois toutes les connoiſſances que j'acquiers journellement.

Comme ma penſée va toujours plus vîte que mon expreſſion, quand je veux te convaincre de toute mon amitié, je n'ai que des paroles inſuffiſantes ſur cet objet ; & je te prie d'y ſuppléer, toi dont l'éloquence naturelle à tant d'énergie : je la compare à ces brillantes gerbes de feu qui retombent en pluie d'or, & qui laiſſent tout le monde émerveillé.

LETTRE XLIII.

A Glazir.

JE quitte enfin la Provence, & je couchai l'autre nuit à Graſſe, petite ville charmante pour la ſituation, où j'appris que les Allemands qui la ſaccagerent en 1747, y mangerent plus de douze mille pots de pommade, croyant tout bonnement que c'étoit du beurre. C'eſt le comtat d'Avignon, pays appartenant au Pape, que je vais maintenant obſerver.

Le paſſage d'une ville à l'autre fait ſur les étrangers la plus agréable impreſſion ; on aime à voir des lieux qu'on ne connoît pas. Ce qui me fâche, c'eſt d'entendre tant de relations différentes d'un même pays. Tous les hommes devroient cependant avoir les mêmes yeux ; mais ce qui réjouit celui-ci ennuie celui-là ; & tel qui, dans un pays, ne trouve pas des amusemens relatifs à sa manière de penser, dira que c'est un lieu pitoyable.

Ainsi l'on juge les pays & les nations, non d'après ce qu'ils sont, mais d'après ses goûts & ses préjugés. Votre région des Indes me feroit mourir au premier coup-d'œil, me disoit l'autre jour une Provençale ; vive comme le salpêtre, parce qu'on n'y trouve ni nos brochures, ni nos cuisiniers. On appelle ici brochure un livre qui n'est pas relié, & qui ne contient pour l'ordinaire que d'agréables frivolités. Il y a des élégans à qui il en faut chaque semaine, & peut-être chaque jour une toute nouvelle, si l'on ne veut pas voir leur esprit mourir d'inanition. Je ne suis point étonné que les François aiment leurs cuisiniers ; ils ont le talent d'apprêter les mets les plus communs de la maniere la plus propre à réveiller l'appétit, & il faut cette recette pour je ne sais combien de vieux seigneurs & de vieilles coquettes, qui, n'ayant plus que la friandise pour toute sensation, cherchent à s'en dédommager par les plaisirs de la bouche.

Le repas le plus frugal dans ton petit hospice, tel que nous l'avons pris plus d'une fois, voilà, mon cher, ce qui flatte plus mon palais, que tout le raffinement des ragoûts. Oh! quand je m'y retrouverai, quel plaisir! Que de paroles & de pensées que je réserve pour ce tems-là! mon ame emmagasine tous les jours, à dessein de t'en faire part.

Mille douceurs en mon nom à ta chere famille, à ta société. Donne-moi des nouvelles du petit Blabouk, deviendra-t-il quelque chose, comme il le promettoit? Les hommes sont de la nature des arbres, qui rapportent plus ou moins, qu'il faut cultiver avec ſoin, & qui ſont expoſés aux plus grands orages.

Les hommes exiſtent dans des ſerres, il eſt vrai, qui devroient les mettre à l'abri des tempêtes; mais il n'en eſt pas des paſſions comme des vents, celles-là ne ſont arrêtées ni par des murs, ni par des toîts.

LETTRE XLIV.

A Glazir.

ME voilà tout-à-fait ſur les terres papales que n'auroient pas poſſédé les premiers Apôtres de la religion chrétienne, mais dont les révolutions des empires ont autoriſé la poſſeſſion. C'eſt réellement une terre bénite, ſi l'on envisage la douceur du peuple, du climat & du gouvernement; tout s'y reſſent de la clémence du Pontife ſouverain de ce petit pays, qui fut autrefois vendu par une Reine.

Avoit-elle droit de le vendre? avoit-on droit de l'acheter? grande queſtion qu'il faut abandonner aux Juriſconſultes, & que je ne m'aviſerois ſûrement pas de réſoudre, quand j'aurois dans ma tête toute la ſcience canonique & civile.

Le comtat d'Avignon fut jadis le théâtre de la politique ; & l'amour y donne ſouvent des ſcenes, comme on peut s'en convaincre par les Œuvres de Pétrarque, l'amant paſſionné de la belle Laure, & par les Lettres d'une dame du Noyer, qui rapporte les hiſtoires les plus galantes arrivées dans ces lieux.

La pareſſe des habitans contribue beaucoup à la galanterie. Quand on ne ſait que faire, & qu'on vit dans un petit pays où il n'y a ni grands événemens, ni grands intérêts, on ſe livre à de petites intrigues, & l'on ſe dit qu'on s'aime, quand même on ne s'aimeroit pas, à moins que la jalouſie ne s'en mêle ; ce qui arrive très-ſouvent. Il faudroit que ce comtat fut placé dans nos Indes pour ſortir de ſon apatie. Dieu ſait comme

Hyder-Al-

Hyder-Ali l'auroit remué. Jamais on n'y voit d'actes d'hostilités, que lorsque les Rois de France ont quelque démêlé avec le Pape, & qu'ils envoient poser leurs armoiries à la place des siennes.

La nonchalance de ce lieu, malgré ses agrémens, ressemble trop à la fadeur pour y fixer un Indien. Ainsi tu dois croire que je ne m'y arrêterai que quelques jours. Le sexe y seroit intéressant, s'il y avoit plus d'objets capables de l'occuper ; mais il est monotone, malgré la vivacité de son esprit ; on fait toilette sur toilette pour passer la journée sans ennui, & l'on attend le soir avec la plus grande impatience, pour causer en tête à tête avec un bon ami, ou pour faire un petit jeu. La promenade seroit une excellente ressource, principalement au tour des murs de la ville qui sont de toute beauté, & d'où l'on découvvre la campagne la plus riante & la plus fertile; mais il y a toujours du vent. On ſait que les femmes maniérées ne ſupportent que le zéphir, & que tout Aquilon leur paroît incivil, pour peu qu'il faſſe tomber un grain de poudre, ou qu'il dérange un ſeul cheveu.

Mon apparition a fait quelque bruit. Je te rendrai quelque jour les queſtions qu'on m'a faite, & elles t'amuſeront.

Il y a dans ce petit pays une fontaine connue ſous le nom de *Vaucluſe*, à qui Pétrarque a ſu donner une grande célébrité. Je t'ai vivement deſiré au moment que je la viſitois; elle t'auroit rappellé ces torrens qui nous déſaltererent tant de fois, & dont l'approche nous pénétroit d'une délicieuſe fraîcheur. O journées! qui fûtes l'époque de ces innocens plaiſirs, jamais vous ne ſortirez de mon cœur ! mais, hélas ! jamais vous ne reviendrez !

Te rappelles-tu que la divine Palfé vint une fois nous accompagner dans ce lieu, qu'elle trempa ſes mains dans l'eau limpide qui bouillonnoit à grands flots, & qu'on les confondoit avec l'écume plus blanche que l'albâtre ; les fleurs naiſſantes, dont nous lui treſſions des bouquets, pâliſſoient ſur ſon ſein, tant elles étoient inférieures à ſes appas. Excellente reſſource que l'imagination ! elle qui fait revivre des fleurs fanées depuis ſi long-tems, & des heures depuis tant de jours écoulées.

Je n'ai garde de parler de la beauté de nos Indiennes aux femmes que je fréquente ; elles ne me croiroient pas, ou elles en ſeroient jalouſes. Avec ce proverbe qui leur eſt familier, a beau mentir qui vient de loin, on a toute la peine du monde à perſuader, quand on dit quelque chose qui n'est pas ordinaire. Telle est la disgrace du pauvre voyageur ; s'il ne dit que des choses qui n'aient rien de singulier, on ne l'écoute point, & s'il raconte des faits surprenans, on ne le croit pas ; & voilà, mon cher Glazir, comme on est dupe de ses dépenses & de ses courses : mais on voyage pour sa propre utilité. La science qu'on acquiert par ce moyen, lorsqu'on a de l'intelligence pour bien voir, & de la sagesse pour bien se gouverner, donne infiniment plus de lumieres que toutes les relations. D'ailleurs les voyageurs sont rarement d'accord, quoiqu'il seroit souvent facile de les concilier, témoin le laurier que les uns disent être sur le tombeau de Virgile, & que les autres soutiennent n'y être pas. Il suffit de savoir que ce laurier que des imbécilles croient être du tems du poëte, n'est autre chose qu'un arbuste qu'on renouvelle, & qu'on arrache de maniere qu'il y a des tems où l'on le voit, d'autres où l'on ne le trouve pas. Il n'est pas concevable qu'on ait accablé le public d'observations relatives à cette précieuse minutie. Le meilleur moyen de trouver le vrai laurier qui décore la tombe de Virgile, c'est de parcourir ses Œuvres; c'est là qu'il est couronné avec tous les lauriers de la gloire.

LETTRE XLV.

A Glazir.

Tu ne feras pas fâché d'apprendre qu'ici le Pape paſſe pour infaillible, parce que ce ſont ſes états, & qu'à trois lieues plus loin il perd ſon infaillibilité, quoique ce ſoit de part & d'autre, chez des catholiques qui le regardent comme leur chef, & qui lui ſont ſoumis. Ainſi, chez les Muſulmans, il y a la ſecte d'Oumar & celle d'Hali.

J'ai fait le tour du comtat, & cela me rappelle qu'un ſouverain d'Italie, dont le territoire n'étoit guere plus étendu, ordonna à un étranger, qu'il avoit raiſon d'éliminer, qu'il eût à ſortir dans trois jours de ſes états, & l'étranger répondit qu'il étoit on ne peut pas plus ſenſible à ſa bonté, d'autant mieux qu'il ne falloit que six heures pour en parcourir l'enceinte.

On m'a montré la maison d'une prétendue comtesse, dont l'avanture est la plus extraordinaire. Il y a plus d'un siecle que l'affaire arriva, mais il y a des choses qui semblent toujours nouvelles, à raison des singularités qui les accompagnent. Cette comtesse née à Paris, avoit une sœur d'une taille gigantesque, & elles étoient, l'une & l'autre, filles d'un homme qui faisoit beaucoup de bruit dans le monde; car il étoit tout simplement chaudronier.

Un homme de condition, quoique marié, devient extrêmement amoureux de notre comtesse en question, & pour cacher ses amours, il l'envoya dans un couvent d'Avignon, sous un nom emprunté, & où il lui payoit sa pension. Il ne tarda point à la joindre, & là il combine avec elle, (pour qu'elle ait le titre de comtesse, ainsi que la liberté d'aller & venir en qualité de femme mariée); que sa sœur qui a moins l'air d'une fille que d'un grenadier, se travestira en cavalier, viendra passer quelques mois à Avignon, sous le titre du comte de Fanfernole, & qu'après avoir vu assiduement la jeune demoiselle, il la demandera en mariage; qu'on publira les bans, qu'enfin tout se fera selon les regles; que quelques semaines après la conclusion de l'hymenée, le prétendu époux disparoîtra, sous prétexte d'un long voyage; & que madame de Fanfernole prendra maison, se fera présenter dans les sociétés à titre de comtesse. On a vu son mari qu'on a trouvé charmant. Le bon ami, auteur du stratagême, vient de tems en tems la voir; elle est sa cousine.

La

La sœur toujours travestie en cavalier, paroît de tems en tems; des enfans naissent, & après six ans d'un pareil manége, la comtesse prend le grand deuil, déclare, en répandant un torrent de pleurs, que son mari vient de mourir au grand Caire, où il étoit allé pour recouvrer des sommes que lui devoit un banquier. L'amant fournit toujours amplement à la dépense, parce qu'il est fort riche. Le mari qu'il avoit donné à sa maîtresse, ne lui avoit point inspiré de jalousie; il marie lui-même les enfans qui étoient les siens, lorsqu'ils sont grands; on fabrique un extrait mortuaire qui a une tournure égyptienne, & tout s'arrange au gré de notre aventurier.

A Avignon, 1788.

LETTRE XLVI.

Solime à Zator,

Où es-tu, Zator? Où es-tu? Je crains bien que ma lettre ne puisse te joindre, & que je ne sois accusée d'indifférence. Cependant qui mieux que moi sait t'aimer. J'en atteste ce jour malheureux où nous pensâmes te perdre, lorsqu'une horrible hémoragie te conduisoit au tombeau. Mes larmes ne pouvoient plus couler, tant la douleur m'avoit pétrifiée. L'on m'auroit pris pour un bloc de marbre; tes amis envioient ma situation, comme la chose la plus capable de te prouver l'excès de l'amitié.

Je n'apprends de tes nouvelles depuis ton départ, que d'une maniere très-incertaine. J'envie l'agilité des oiseaux. Il n'en passe point un sous mes yeux, que je ne voulusse être à leur place, pour aller à tire d'aîle te trouver. Les Marâtes ont essayé de recommencer leurs hostilités; mais quand ils ont appris que le sang d'Hyder-Ali fumoit encore dans la personne de son fils, & qu'il étoit décidé à les mettre en pieces, ils ont promptement rétrogradé.

L'on croit qu'il y a quelque puissance secrete qui les fait agir, (point d'événemens sans cause). Un empire nouvellement né doit s'attendre à tout; & je ne serois point surprise si l'on vient nons ébranler. Il n'y a point de région dans l'univers qui n'ait des guerres à soutenir, quand ce n'est pas au physique, c'est au moral.

L'amour plus effrené que jamais, fait le plus grand ravage dans nos serrails. On ne parle que de querelles, & de révoltes occaſionnées par des jalouſies.

En nous apportant les uſages de la France quand tu reviendras, il ne nous ſera peut-être pas impoſſible de les imiter.

Notre ami Zerbout eſt bien malade, & je crains fort que l'on ne puiſſe le guérir. Depuis qu'on a introduit ici la médecine étrangere, qui ne connoît d'autre remede que la ſaignée, l'on néglige la partie des ſimples, quoiqu'elle ſoit la plus ſûre & la plus utile. Les médecins viennent ici faire des eſſais, & quand ils nous auront tué par douzaines, ils retourneront dans leurs foyers, & pour ſe raſſurer ſur un pareil crime, ils diront au bout du compte, ce n'étoient que des Indiens. Il y a longtems que je ſais que l'Europe nous mépriſe, & c'eſt ce maudit pays que tu as voulu voir. Fais du moins en ſorte, que ſa terre profane ne couvre point tes oſſemens.

Oh! cieux, je frémis d'y penſer. Adieu, mille fois adieu, en y joignant autant de baiſers.

A Scheringapatnam dans l'Inde, 1788.

LETTRE XLVII.

A Glazir.

JE me disposois à quitter le comtat Vénaissain, & j'allois monter en voiture, quand on vint m'avertir qu'une inconnue m'attendoit à la grande auberge d'Avignon, & me prioit absolument de m'y rendre.

Je n'hésitai pas, & suivi de mes deux esclaves, qui resterent dans la cour, je pénétrai dans un appartement obscur, où l'on me conduisit d'un air de mystere, & j'entrevis une superbe femme, dont les cheveux, les sourcils, les yeux causoient la plus délicieuse admiration. L'on croyoit voir Diane ou Vénus dans son plus grand éclat.

Des soupirs entrecoupés ne faiſoient qu'augmenter ma ſurpriſe. On vouloit me parler ; on ne me diſoit rien que par des pleurs & par des hélas !

Je cherchois à deviner la tournure du viſage, quand je reconnus enfin qu'elle étoit indienne. Oui, me dit-elle, je m'en glorifie ; mais j'ai bien un autre avantage que celui-là, j'ai le bonheur d'être chrétienne. C'eſt ce qui m'appelle dans ces climats, où le repréſentant de Dieu même exerce, d'une maniere éclatante, ſon auguſte pouvoir.

L'évangile, cet ouvrage céleſte dont on a extrait tout ce qu'il y a de bon dans l'Alcoran, m'a deſſillé les yeux ; tu aimes trop la vérité pour blâmer une de tes concitoyennes, qui croit fermement l'avoir trouvée, & qui lui préfere tous les biens temporels. Si, par impoſſible, je m'étois trompé, mon erreur ſeroit au moins pardonnable.

Rien n'a pu m'arrêter, quand j'ai cru entendre la voix du légiſlateur par excellence. Je me ſuis armée d'un courage propre à triompher de tous les obſtacles. Tu admires les philoſophes qui bravent les mers pour découvrir quelque vérité ; d'après cela, tu ne peux qu'approuver ma démarche...

Frappé de cette étrange aventure, je lui répondis : tu changes de religion, j'en conviens, mais tu adoreras l'Éternel, & nous l'adorons ; tu aimeras le prochain, & nous l'aimons ; tu attendras une vie plus heureuſe que celle-ci, & nous l'attendons. Voilà bien des rapports qui m'empêchent de prononcer, malgré l'attachement inviolable que j'ai pour notre loi, ſi c'eſt réellement l'amour de la vérité qui t'a rendue chrétienne ?

Oui, me répondit-elle, j'en atteſte les cieux, & je le jure d'après mon esprit & mon cœur. Ce que je te demande, c'est que, de retour dans notre commune patrie, tu informes de ce fait mes parens & mes amis. Je me respecte tellement moi-même, que je crains jusqu'au soupçon, & quand ils apprendront de ta propre bouche que leur chere Rara n'a passé dans l'Europe que pour s'ensevelir dans un monastere; ils pourront me plaindre, mais du moins ils respecteront le motif de ma fuite.

Au mot Rara, mon ame s'est éveillée, & j'ai vu dans sa personne toute sa famille que je connois. Prends ces bracelets, m'a-t-elle dit, tu les remettras à ma jeune sœur, en l'assurant de ma part que, quelque fortune qu'elle possede, son bonheur ne sera jamais égal au mien.

J'avois un soupirant, a-t-elle ajouté, le plus bel homme de l'Inde, je suis partie sans le voir; mais tu lui diras que nul mortel n'aura des droits sur ma personne, que je m'ensevelis toute entiere dans un cloître pour n'y plus exister qu'avec l'Éternel, & que ces prétendus attraits, qui ne sont, au bout du compte, qu'un peu de terre diversement configurée, vont se perdre sous un voile impénétrable. Telle est ma derniere résolution. Rien ne me coûte dans ce sacrifice, que la peine d'attendre, jusqu'à ce qu'il soit accompli.

Les années dans le monde auroient bientôt altéré ma figure, & dans le cloître ce sera la pénitence qui la flétrira.

Elle versa des pleurs, j'en versai; elle me tendit la main, je la serrai; mais quand je voulus lui donner un baiser, elle me repoussa; je ne suis plus maîtresse de ma personne, me dit-elle, tout appartient à celui qui m'a tout donné, parce que ses dons ne ſont qu'un prêt dont il faut lui rendre compte.

Eh bien ! mon cher Glazir, n'eſt-il pas vrai que cette ſcene t'auroit réellement attendri. La religion eſt trop belle à mes yeux, pour que j'oſe blâmer l'empire qu'elle a ſur les cœurs ; elle n'a jamais fait de mal, le fanatiſme n'ayant rien de commun avec ſa patience & ſa douceur ; il faut d'ailleurs qu'elle ſoit bien pure, puiſqu'on prend ſon maſque, lorſqu'en faiſant une mauvaiſe action, l'on ne veut pas être connu.

Notre grand prophete ne donna le nom d'animaux immondes à ceux qui n'auroient pas le bonheur d'être Muſulmans, que pour engager ſes diſciples à perſévérer dans leur croyance ; il aimoit trop le prochain pour ſe perſuader intérieurement qu'on étoit abominable, quand on ne profeſſoit pas l'Alcoran.

Eh ! comment, me dit notre nouvelle catholique, Mahomet pouvoit-il assimiler à des chiens ceux qui professent la religion chrétienne, puisqu'il reconnoît lui-même le Messie pour un grand prophete, & qu'il dit en termes formels, que Marie, à titre de sa mere, fut exempte de la tache du péché originel.

Je crois donc fermement, ajouta-t-elle, qu'on a défiguré l'Alcoran en y ajoutant de pareilles extravagances.

La nuit approchoit, le postillon se livroit à toute la rage de l'impatience, & il fallut partir, malgré l'intérêt que m'inspira la belle Indienne. Il y a dans sa personne & dans ses charmes de quoi occuper le poëte le plus fécond des mois entiers, & peut-être des années. Il eut trouvé dans son simple sourire le sujet du poëme le plus intéressant; & tous ces appas sont au moment d'être comme s'ils n'étoient point. Au reste, ils se seroient tôt ou tard éclipsés. La beauté d'une femme passe si vîte, qu'un époux qui en prend une jolie, est sûr de ne l'aimer que pour peu de tems, s'il est assez malheureux pour ne prodiguer ses caresses qu'à des charmes passagers ; delà vient la zizanie qui regne dans les ménages ; on viéillit, on se ride, & l'on ne trouve plus de part & d'autre ce qui fixoit le cœur & les yeux.

Remets, je te conjure, le papier ci inclus à mon premier esclave, & daigne veiller sur ses actions, sans qu'il puisse le soupçonner : c'est une cruelle chose d'être à six mille lieues de chez soi, quand on veut y être obéi.

J'écris des remarques tous les soirs, & je fais en sorte qu'elles ne soient pas celles de tout le monde ; ce qui arriveroit infailliblement, si je ne m'attachois qu'à décrire des palais, des places, des clochers. Il y a tant de voyageurs qui ont répété ces choses, que je puis me dispenser d'un pareil travail. Ce sont les coutumes, les moeurs que je m'applique à saisir, mais à ma maniere, car chaçun a sa touche & son pinceau.

A Avignon, 1788.

LETTRE XLVIII.

A Glazir.

JE viens d'entendre une conversation bien singuliere dans un gîte où je me suis arrêté pour coucher, La chambre où se passoit la scene, n'est séparée que par une mince cloison, & là deux apprentis, ministres de l'évangile, qu'on nomme Abbés, se disputoient vivement sur la veleur de leurs revenus, qu'ils appellent bénéfices, & qui sont des offrandes anciennement faites à Dieu pour leur simple subsistance, & pour le soulagement des pauvres,

Ces biens, selon la loi, ne peuvent être ni aliénés ni trafiqués ; & cependant ils contestoient vivement sur la maniere d'en agioter un considérable. L'un disoit qu'en s'y prenant de telle façon, l'on pouvoit prévariquer ſans ſcrupule; l'autre ſoutenoit que cette forme ne ſeroit pas légale, & qu'il y avoit une tournure différente à donner. Ce qui m'a paru plaiſant, c'eſt qu'ils s'appliquoient à chercher un moyen de prévariquer qui mît la conſcience en repos, comme ſi l'on étoit conſcientieux quand on emploie l'aſtuce & la ruſe; mais la religion, comme une liqueur, prend la forme du vaſe dans lequel on la verſe.

L'hôte chez qui j'ai paſſé la nuit, & qui me paroît avoir des connoiſſances, malgré ſa profeſſion, m'a raconté qu'il n'y avoit pas de marchandiſe qu'on trafiquoit plus communément aujourd'hui que les bénéfices; que ce trafic, qu'on appelle ſimonie, n'étoit plus un myſtre. Les canons, m'a-t-il ajouté, qui ſont les loix de l'égliſe, aſſujettiſſent, aux plus grandes peines ceux qui ſe rendent coupables

pables de ce crime ; mais les canons ne ſubſiſtent plus que dans les livres, on leur a ôté toute leur vigueur ; choſe d'autant plus fâcheuſe que cela peuple l'égliſe, & l'état d'une multitude de mauvais miniſtres qui rougiſſent même de l'habit qu'ils portent, & qui s'étudient du matin au ſoir à lui donner d'autres formes & d'autres couleurs.

Les bons prêtres qui gémiſſent de ces maux, paſſent pour être du vieux tems, & l'on n'en parle que pour les tourner en dériſion. Il n'en eſt pas de même parmi nous. Les miniſtres de l'Alcoran n'ont que le ſimple néceſſaire, & s'ils oſoient .... Adieu.

De Valence, 1788.

LETTRE XLIX.

A Glazir.

Cette fameuſe ville de Lyon dont on nous a ſi ſouvent parlé, & que ſon commerce a rendue célebre dans les quatre parties de l'univers, n'eſt plus, mon ami, qu'une ombre de ce qu'elle étoit il y a quelques années. Je la cherche au milieu d'elle-même, & je ne la trouve point. La fureur chez les Françoiſes de ne plus s'habiller qu'avec de la mouſſeline & de la gaze, a totalement ruiné les manufactures du pays. Les femmes ne veulent plus de belles étoffes, & l'on dit que les filles qui donnent ici le ton, ont introduit ce ridicule uſage. Une femme, par ce moyen, eſt toujours en déshabillé, & toutes ſes robes n'en valent pas une qu'on puiſſe préſenter.

La dignité, ſans doute, ne s'accommode pas de pareils chiffons; mais la repréſentation gêne, & l'on ne veut plus ſe mettre qu'au gré des jeunes gens qui trouvent cette maniere délicieuſe, & qui croient qu'une femme n'eſt bien vêtue, que lorſqu'elle eſt en négligé.

On ne croiroit pas que la parure chez les femmes imprime un certain reſpect; on manquera mille fois moins à la femme parée, qu'à celle qui s'habille en griſette. Je n'étend pas plus loin mes réflexions; mais que de choſes à dire ſur cet objet, pour peu qu'on ſoit malin ou vrai!

Quant à moi, je te proteſte que l'habillement actuel des Françoiſes me flatte infiniment, en ce qu'il reſſemble au nôtre. Je ne croyois pas en venant ici, que le coſtume indien ſeroit celui d'une nation qui raffine tant ſur les modes. Une aſſemblée de Françoiſes étoit autrefois un magnifique parterre où l'on voyoit l'émail de toutes les couleurs : ce n'eſt maintenant que le tableau le plus monotone, & qui n'offre aux yeux que du blanc & du blanc.

Plus d'hermine à la Cour, m'a-t-on dit, plus de pourpre. Je m'en convaincrai bientôt par moi-même, & j'avoue que je regretterai cet ornement qui convenoit ſi bien à la grandeur des Rois, & que les peintres conſervent toujours dans leurs tableaux, comme la marque de Royauté.

Il faut de la pompe & de l'étiquette à ceux qui ſiégent ſur des trônes; leur affabilité même en paroît beaucoup mieux quand ils s'humaniſent.

On me fait ici des reproches de ce que mon habillement eſt trop ſimple. Les Lyonnois voudroient que tous les habitans de l'univers portaſſent des étoffes d'or & de ſoie. Eh! comment un Indien, leur ai-je dit, pourroit-il exister, s'il n'étoit vétu à la légere. Les chaleurs du midi ne permettent pas les habits superbes. Nos femmes ne brillent que par les perles & les pierreries, & c'est même une dépense assez inutile ; car qu'est-ce qui les voit ? Toujours scrupuleusement remfermées, elles n'ont point le plaisir de la vanité, au lieu que les Européennes passent leur parure & leurs charmes en revue, sous les yeux d'une multitude de spectateurs. Aussi pourrois-je gager qu'aucune Indienne ne voudroit revoir sa patrie, si elle avoit joui de la liberté de celui-ci.

Cependant croirois-tu, mon cher Glazir, que la femme d'un gros négociant vint secretement me trouver il y a quelques jours, à dessein de me rendre maître de sa personne & de sa liberté. Vous m'avez, dit elle, inspiré une confiance inconcevable ; & les esclaves qui vous servent font un tel éloge de votre douceur & de vos vertus, que je n'hésite point de me livrer entierement à vous. Je n'ai point d'enfans, & le mari que j'abandonne ne mérite pas que je lui sois attachée. Il me tyranise d'autant plus cruellement, qu'il affecte au dehors tous les plus petits soins à mon égard. Il m'a dit mille fois, je te ferai mourir de chagrin, de maniere que personne ne s'en appercevra. Ces cheveux que vous voyez, & qui étoient mon plus riche ornement, dans sa rage il en a coupé la moitié. Soyez sensible à ma situation, & jusqu'à l'extrémité des Indes je vous accompagnerai.

Je ne saurois t'exprimer tout ce qui se passa dans mon cœur ; mais ayant pour base des principes dont je ne m'écarterai jamais, je fis sentir à cette femme infortunée tout le danger auquel elle s'exposeroit. Furieuse elle se leve, prend sur ma table un pistolet & veut se tuer à mes pieds. On l'arrête, on la conduit dans une voiture, & heureusement je n'en ai plus entendu parler.

On se marie trop à la hâte dans ces climats, pour qu'un mariage soit heureux; on se voit un moment, & c'est la fortune qui décide & non la sympathie. L'on m'accable de demandes & de placets; il suffit que je sois Indien, pour qu'on me croie possesseur de tout l'or & de tous les diamans.

J'ai voulu voir la bibliotheque publique, où j'ai rencontré quelques livres Arabes; mais quelque chose de plus curieux que tout cela, un Adepte qui prétend avoir six vingt ans, & qui compte venir dans notre contrée en 1856, pour y manipuler une terre dont il espere faire des diamans. Il remet ce grand œuvre à cette époque, parce qu'il eſt obligé de conſulter les aſtres pour la direction de ſes voyages, & qu'ils ont averti qu'il ne pourroit exécuter ſon deſſein qu'après ſoixante-huit ans révolus.

Cet homme a toutes les connoiſſances poſſibles, & tout le feu du génie. Il prétend ſavoir dix-ſept langues, c'eſt-à-dire, qu'il n'en ſait aucune parfaitement; & c'eſt beaucoup, s'il les entend. Il m'a fait préſent d'un livre de ſa compoſition, écrit en Suédois. Je ne ſais pourquoi cet ouvrage traite des moyens de rendre la raiſon à ceux qui l'ont perdue, & de doubler les forces de l'eſprit chez ceux qui l'ont foible. Il ſe dit de la Calabre qu'il appelle le ſanctuaire du vrai philoſophe, en ce qu'on y puiſe des ſecrets inconnus par-tout ailleurs.

Il eſt bien ſingulier que la ſcience cabaliſtique

cabalistique ait pu faire autant de dupes, & que tous ceux qui s'y livrent donnent dans un enthousiasme inexprimable. Elle commenca chez les Caldéens, se soutint long-tems en Égypte, & se trouve maintenant dispersée dans tout l'univers. il n'y a gueres de pays qui n'ait un partisan de ces connoissances occultes; mais on ne s'en apperçoit pas, la plupart des cabalistes se plaisant à demeurer ignorés.

Ils mettent pour arriver au sommet du savoir, toute la nature à contribution. Minéraux, élémens, végétaux, vapeurs de la terre, rayons du soleil, fluide universel, tout est de leur ressort. Ils prétendent que du résultat de toutes ces choses, parfaitement alambiquées, il en naît une nouvelle maniere de penser & d'exister, c'est-à-dire, qu'ils s'appliquent à l'analyse de tous les genres de mystere, pour mieux s'en dégager.

Ils ont des signes & des termes qui ne sont connus que d'eux seuls; & il faut bien des années d'études & d'assiduité avant d'être initiés à leurs mysteres.

Ils n'ont nullement été surpris des Aréostats, ayant mis dans leur imagination que sans ce secours ils ont le secret de rendre l'air navigable, & de se transporter d'un endroit à l'autre avec une agilité surprenante.

Je les regarde comme des êtres fort singuliers, & avec lesquels on apprend beaucoup de choses, non dans le genre merveilleux, mais dans le genre utile.

Nos Indes ont produit des hommes de cette espece, & personne ne peut mieux t'en instruire qu'Aren Mahout qui en a connu. Il te dira qu'il a mille fois été effrayé de leurs fumigations, & que par ce moyen ils font apparoître des fantômes qu'on prend pour des réalités.

Il me semble que le Baron d'Ambreville, dont nous avons lu l'histoire, & qui parut faire descendre Tibere d'une tapisserie où cet Empereur étoit représenté, n'employa pas d'autre stratagême. Une fumée qui s'éleve insensiblement forme des ombres, & paroît prendre diverses formes; car dans cette science, mon cher Glazir, comme dans bien d'autres, il y a du charlatanisme. C'étoit en présence d'un grand prince & de sa compagnie, & à la fin du souper, que le Baron d'Ambreville donna cette étrange scene. Chacun effrayé s'écria: c'est assez, nous n'en voulons pas davantage, & Tibere, comme cela devoit être, reparut à sa place.

Que les yeux de notre divin Prophete te ſervent de flambeau pendant la nuit opaque de cette vie, & tu marcheras d'un pas égal & ſûr dans le ſentier qui mene à la lumiere univerſelle, ſéjour de la gloire & de la félicité.

De Lyon, 1788.

LETTRE L.

Palmyra à Zator.

QUE tes lettres ſont tardives, que mon impatience eſt grande juſqu'à ce qu'elle arrivent. Quelquefois tout en rêvant je me leve, je cours à la porte, & je m'écrie : oui le voilà, c'eſt lui-même ; enſuite je m'éveille, pourquoi ? & pour pleurer.

L'abſence eſt une véritable mort. Je ne te vois pas davantage, que ſi une tombe avoit pour jamais caché ta perſonne. Ah! trop aimable Zator, continueras-tu encore long-tems à me déſeſpérer ? Ta douceur eſt malheureuſement unique, & perſonne ne peut m'en donner une idée. Il n'y a que toi-même qui puiſſe te remplacer.

Pourquoi le ciel te fit-il auſſi aimable, puiſque cela ne ſert qu'à me tourmenter? Quand je plante des arbuſtes ou des fleurs qui me ſont agréables, ils reſtent au moins ſous mes yeux, & ils ne ſe déracinent pas pour paſſer dans des pays lointains. La nature en ne te donnant point d'aîles, ne t'a pas créé pour t'envoler, & tu renverſes l'ordre quand tu ne reſtes pas où elle t'a placé. Que deviendroit l'Inde ſi chacun, comme toi, s'aviſoit de la quitter?

Tes peres virent-ils jamais un autre climat que celui-ci? L'Europe m'eſt devenue odieuſe depuis qu'on nous abandonne pour y courir. Produit-elle donc des pierreries, des mines d'or & d'argent, des plantes ſalutaires, des arbuſtes odorans? Cette région en produit. Eh! que va-t-on y recueillir? Des tons, des manieres, des airs. Ne voilà-t-il pas de quoi bien dédommager un Indien d'un voyage de six-mille lieues, & de mille dangers qu'il a couru ?

D'ailleurs le nouveau costume que tu pourrois prendre, ne pourroit subsister ici. Crois moi notre façon d'être quoique farouche, quoique sans apprêt, vaut infiniment mieux que des manieres rafinées. On n'est plus soi-même; mais le résultat de mille caprices divers.

Oui je suis sûre que tu aurois honte de paroître parmi nous dans le costume des Européens. Ils te montreront aisément des livres, parce qu'ils en font tous les jours, comme la description de leurs mœurs me l'apprend. Eh ! qui puiseras-tu dans ces livres qui ne soit infiniment au-dessous de ce que tu sais ?

Ils ne t'apprendrons pas à aimer, ils t'enseigneront plutôt à traiter l'amour avec la plus grande légereté ;

ils ne t'encourageront pas à chérir tes femmes, puisqu'ils n'aiment les leurs que pour un moment.

Quel sera donc le fruit de ton voyage? d'avoir perdu notre soleil de vue, le plus beau qui soit dans toute la nature; auquel tu adressois une hymne toutes les fois que tu venois à te lever.

Encore ce matin, il me rappelloit par sa magnificence, dont aucun souverain de la terre n'approchera jamais, ces momens heureux où nous le saluions de concert, & où nous l'appercevions sortant du sein de l'aurore, mille fois plus brillant que l'or qui se liquefie dans la fournaise.

Tes amis, tes sœurs, tout murmure depuis ton éloignement. Que de personnes que tu ne reverras plus à ton retour, & que tu aurois voulu serrer dans tes bras avant qu'elles expiraſſent. Elles ſont mortes déſeſpérées de ne pas recevoir de ta propre bouche un dernier adieu.

Il manque une choſe à notre Alcoran, c'eſt de n'avoir pas maudit ceux qui voyageroient ſans de grans motifs. Hyder-Ali, le puiſſant Hyder t'auroit bien empêché de quitter ta patrie. Il auroit prononcé ce non abſolu auquel on ne réſiſtoit pas; & tu ſerois encore parmi nous. Quelquefois la fureur m'emporte, & j'ouvre les levres pour te charger d'imprécations, mais auſſitôt mon cœur les ferme, & toute ma rage ſe tourne en amour. Qu'as-tu donc fait au ciel pourqu'on ne puiſſe te hair? Ah! c'eſt moi-même que je déchire dans ma douleur, moi qui me mine & qui me conſume du chagrin de ne plus t'entendre & te voir.

Encore ſi j'avois ton portrait, mais, hélas! je n'en ai qu'une ébauche du plus mauvais deſſein. N'importe, mille fois je la prends, je la contemple & je la baiſe comme un hommage rendu à ta vertu, & à notre étroite union.

De Scheringapatnam dans l'Inde.

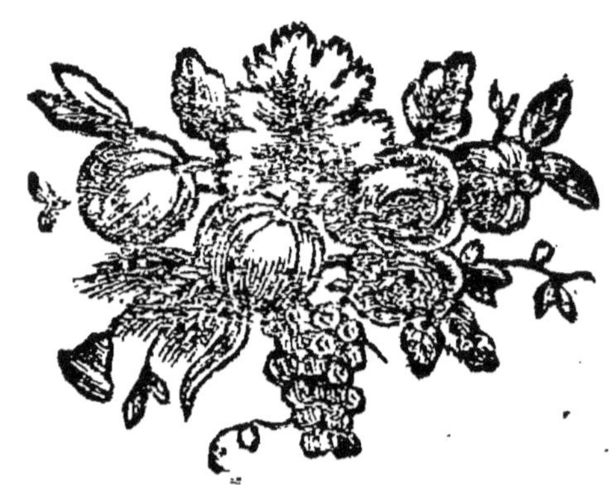

LETTRE LI.

A Mamouk, un des Interpretes de la loi.

PERMETS ombre de Dieu, rayon vivifiant de notre divin prophete, que je t'offre une ſupplique en faveur de l'infortuné Babnat. Il a beſoin de ton puiſſant appui, pour ne pas ſuccomber ſous les cabales de l'audacieux Flacmet.

O toi dont l'eſprit, plus élevé que les plus hautes montagnes, plane avec tant d'avantage ſur cette vallée de larmes, tu démêleras facilement l'aſtuce qui veut opprimer l'innocence. Ta face continuellement dans les cieux, y verra combien la vérité que réclame Babnat, doit lui être favorable. C'eſt te plonger dans un torrent de délices, que de te fournir l'occaſion de tendre une main bienfaiſante au juſte qui implore ton équité.

Daigne deſcendre dans ton cœur, ſi tu veux écouter la voix de l'Éternel; c'eſt là qu'il te dira lui-même que tu feras une œuvre digne de ſes miſéricordes, en le protégeant.

Je baiſe la trace de tes pas, comme les veſtiges mêmes de notre ſacré légiſlateur.

De Châlons, 1788.

LETTRE LII.

A Glazir.

PARIS qui, depuis tant d'années, étoit dans mon cœur, par le desir ardent que j'avois d'y pénétrer, est actuellement sous mes yeux. Ses murs, ses tours, le bruit de ses voitures & de ses habitans, annoncent de loin sa population & sa grandeur.

Cependant son ensemble frappe moins que les différentes parties qui le composent. Il y a des édifices aussi superbes qu'utiles. C'est un tout dont les détails ont des beautés rares, malgré des disparates que l'immensité de la ville semble excuser. D'ailleurs l'art comme la nature, ne fait jamais plus d'effet, que lorsque la magnificence contraste avec la simplicité. Quelques fleurs dans une vaste prairie répandues au hasard, satisfont plus l'œil qu'un parterre où tout est symétrisé.

Il me faudra plusieurs jours & peut-être plusieurs semaines avant de me reconnoître. On ne peut ici marcher à son aise, ni en voiture, ni à pied. Il y a tant de charriots désignés sous différens noms, & ils courent avec tant de rapidité qu'ils s'embarassent continuellement les uns les autres, & que les piétons risquent à chaque minute d'être renversés.

Les riches, en général, s'embarassent peu d'un pareil malheur, & sur-tout cette classe d'hommes inutiles, qu'on nomme élégans, & qui sont charmés d'avoir un écraseur pour cocher. La chereté du terrein rend les rues plus étroites & les maisons plus élevées. On bâtit le plus qu'on peut en l'air, parce que l'air ne s'y paye pas.

On ne peut faire un pas ſans rencontrer des maiſons qu'on édifie ou qu'on démolit. Si on les fait avec une vîteſſe extraordinaire, on ne les répare qu'avec une lenteur incroyable, le chemin, en conſéquence, eſt preſque toujours obſtrué par des pierres d'attente.

Cette capitale qui, dans le ſiecle dernier, paſſoit pour un bois, où il n'y avoit nulle ſûreté, eſt maintenant à l'abri de tous les vols publics ; mais ſi l'on a pourvu à la conſervation des citoyens, on ne s'eſt nullement occupé de leur repos. Ce ſont toutes les nuits des cris, des ſifflemens qui, dans les quartiers les plus fréquentés, déſolent les pauvres malades, & tous ceux qui ont beſoin de ſommeil. La police dit que ce mal eſt néceſſaire pour en empêcher un plus grand, & qu'il n'y a ni vols, ni meurtre à craindre, lorſqu'il y a dans les rues beaucoup de mouvement & de fracas.

La ville eſt néanmoins gardée par des ſoldats à pied & à cheval, mais qu'on appelle ſi ſouvent pour la cauſe la plus légere, qu'ils n'arrivent qu'avec la plus grande lenteur, lorſqu'il ſurvient quelqu'aventure tragique.

Les habitans de la même maiſon ne ſe connoiſſent pas. Il n'y en a preſque point, excepté celles des riches & des ſeigneurs, qui ne ſoit occupée par des locataires de tout pays; les uns partent, les autres arrivent, de maniere que le vuide eſt toujours rempli.

Rien de plus ordinaire que de ne plus trouver, dans un court eſpace de tems, ceux qu'on a connu. L'on change ſi ſouvent de demeure, qu'il eſt preſqu'impoſſible d'aller à la piſte des perſonnes qu'on cherche; on meurt, on eſt enterré ſans que le voiſin s'en apperçoive; delà vient qu'il qu'il y a moins d'affection dans Paris que par-tout ailleurs. C'eſt le pays des ſenſations, & non celui de la ſenſibilité; beaucoup de connoiſſances, peu d'amis, par la raiſon que l'abſence ou la mort n'y cauſent point de privations.

Les Pariſiens ſont naturellement bons : auſſi les Rois de France diſent-ils notre bonne ville de Paris; mais il y a tant de mélanges, qu'ils ne s'y trouvent qu'en petite quantité, & encore ont-ils un caractere différent, ſelon les divers quartiers. Ils diſent que le Pariſien de la rue Saint-Honoré, gâté par le voiſinage du Palais-Royal, n'eſt point celui de la Cité.

Ainſi Paris ſemble un petit Royaume, composé de pluſieurs petites provinces, dont les unes ont un ton bourgeois, & les autres un air diſtingué. Tu dois te ſouvenir d'avoir lu combien l'Empereur Julien aimoit ſa petite Lutece, & combien elle avoit alors peu d'étendue.

La ſeine qui l'arroſe, n'a de détours & de ſinuoſités que lorſqu'elle l'a quittée. Les flatteurs diſent qu'éprise de la beauté du lieu, elle ne peut s'en détacher; tandis que les malins prétendent qu'en traverſant une Capitale où l'aſtuce n'eſt que trop connue, elle devient néceſſairement oblique.

En voilà aſſez pour la premiere eſquiſſe. Il faut que je me mette au fait, avant d'y mettre les autres. Je t'inſtruirai à meſure que j'obſerverai. Eh! mon ami, ſi le ſol en eſt beau, le climat en eſt ridicule : c'eſt une terrible choſe pour un Indien, qu'un air épais, & qu'un ciel nuageux.

Je t'embraſſe mille fois avec cette affection invariable qui n'appartient qu'à la véritable amitié.

A Paris, 1788.

LETTRE LIII.

A Nadras, son oncle.

EH bien oui, mon oncle, je veux bien me réconcilier avec toi, & d'autant plus volontiers, que si tu ne m'avois pas traité avec dureté, je ne jouirois pas des belles choses que je vois aujourd'hui. Ce n'étoit sûrement point à toi à m'écrire le premier. Je connois l'ascendant que donnent les degrés de parenté; mais je te confesse que jamais tu n'aurois reçu de mes lettres, dans la crainte qu'elles n'eussent subi le sort du renvoi.

Tu me rappelles mon pere qui n'est plus, ma mere qui me recommanda en mourant à ton amitié : autant de motifs pour t'être attaché.

Je me trouve au milieu de Paris, comme une graine que le vent y auroit jettée ; mais ce n'eſt pas pour y prendre racine. Je compte en partir dans quelques mois, & revoir ces lieux ſacrés qui me virent naître.

C'eſt ici l'aſſemblage de tous les vices & de toutes les vertus, à la différence que celles-ci parlent bas, & que les autres prennent le haut ton. Je ne vais dans les rues qu'en tremblant, dans la crainte que ma voiture ne ſoit acrochée par celles qui paſſent, & qui courent comme le vent ; on les fait maintenant à deux étages, tant elles ſont élevées.

Je m'aviſai de vouloir aller à pied, dans l'eſpérance de mieux voir les édifices, & de mieux jouir de l'enſemble & des détails de tout ce qui s'offre à la curioſité ; à peine eus-je traverſé la rue, qu'on m'entoura comme un animal extraordinaire ; c'étoit à qui viendroit me regarder ; & des propos qu'il ſeroit impoſſible de rendre, complettoient la ſcene; on étoit preſque ſurpris de me trouver des oreilles, un nez & des yeux.

Cependant il y eut toujours du rapport entre les Indes & la France; on y fait depuis ſi long-tems uſage de nos étoffes, que notre délicieux pays ne ſauroit leur être inconnu.

D'ailleurs, ils devroient être raſſaſiés d'avoir vu nos Ambaſſadeurs, qui ſe promenent ici depuis du tems; mais il eſt impoſſible d'épuiſer la curioſité des Pariſiens; ils ſe multiplient, ils ſe reproduiſent pour voir vingt fois le même objet.

Cela vient d'un déſœuvrement qu'on ne peut concevoir. Trente mille étrangers pour le moins, ſurchargent la Capitale, ſans autre affaire que d'y contracter des dettes, d'y arpenter les promenades publiques, ainſi que d'y viſiter les cafés.

C'eſt là que leur eſprit ſe déploie, & que leur critique s'exerce contre tout ce qu'ils connoiſſent & ce qu'ils ignorent. Rien ne les arrête, pourvu qu'ils bavardent, cela leur eſt égal.

Tu ſeras ſans doute ſurpris de m'entendre parler ſi ſavamment d'un pays où je ne ſuis que depuis quelques ſemaines ; mais au lieu de prendre un livre pour m'inſtruire de ce qui concerne Paris, j'ai fait appeller un homme de mérite qu'on m'a indiqué, & qui eſt au courant de toutes les choſes qu'un étranger doit ſavoir. Il me dicte, & j'écris ce qu'il y a de plus intéreſſant, non dans la partie des édifices, mais dans celle des coutumes & des mœurs. Je parle enſuite à d'autres de ce qu'il m'a rapporté, &, par ce moyen, je ne ſuis pas trompé.

Je le paie, parce qu'il a le ſort d'une multitude de gens d'eſprit, qui n'ont ici d'autre patrimoine que le produit de leurs pensées & de leurs bons mots; aux uns cela vaut un dîner, aux autres un écu, à plusieurs le droit de vivre d'industrie. Ils se procurent un tailleur complaisant qui les habille à crédit, & quand celui-ci ne veut plus rien avancer, ils passent chez un autre. On m'a montré un de ces gens industrieux, & j'ai été tout surpris, quand on m'a dit qu'il avoit trente-cinq tailleurs à sa poursuite, & qu'il n'en étoit pas plus embarrassé. Il se sauve dans les ressources de la chicane; elle a ici des détours que l'homme le plus fin ne pourroit deviner.

Tu vois, d'après ma méthode, que je fais ici un cours de Paris, comme les autres en font un de botanique; j'étudie les mœurs, comme je ferois des plantes, & j'apprends à distinguer celles qui sont venimeuses, de celles qui sont salutaires.

Je te quitte à regret ; mais Paris exige toute mon attention. Tu ſeras bien aiſe d'en avoir tous les détails quand je te verrai ; cela t'amuſera les ſoirs dans ces converſations tranquilles où tu prends plaiſir à lire des nouveautés.

Qu'il ne ſurvienne jamais de nuage ſemblable à celui qui nous avoit offuſqué, & qu'il parte continuellement de nos deux cœurs un feu qui les enflamme, & qui ne puiſſe s'éteindre. Adieu.

A Paris, 1788.

LETTRE

LETTRE LIV.

A Glazir.

IL eſt impoſſible de ſe figurer l'étonnement & l'embarras d'un Indien au milieu de Paris. Autant d'objets qu'il apperçoit, autant de choſes dont il n'avoit point d'idées. Ce ſont des femmes répandues de toutes parts, tandis que les nôtres vivent toujours renfermées; des édifices d'une hauteur extraordinaire, pendant que nos caſes n'ont qu'un rez-de-chauſſée; des chevaux qui courent à perte d'haleine, tandis que nos dromadaires & nos chameaux ne marchent qu'avec une lenteur incroyable; des gens de toute eſpece habillés de toutes couleurs, pendant que nous n'avons conſtamment qu'un ſeul habit monotone; c'eſt enfin un compoſé de mille bizarreries aussi agréables qu'originales, pendant qu'il n'y a parmi nous aucune de ces variétés. Si j'abaisse mes regards vers la terre, j'y vois un pavé que nous ne connoissons pas; si je tourne ma vue jusqu'au ciel, c'est un firmament obscur, en comparaison du nôtre, & qui se couvre sans cesse de nuages.

J'ai déjà couru les spectacles: c'est la premiere chose par où l'étranger commence. J'ai vu des habits tirés du garde-meuble des Grecs, & des Grecs eux-mêmes qui ont paru sur la scene avec des paroles & des figures françoises; j'ai vu des acteurs ridiculiser les ridicules, & finir par n'avoir pas les applaudissemens du public, parce qu'on dit que depuis qu'ils louent des loges à l'année, ils négligent absolument leur jeu, comme étant assurés de leur recette.

J'ai vu un théâtre qui porte le nom d'Italien, & où il n'y avoit pas la moindre chose qui eût rapport à l'Italie ; j'ai vu de grandes petites machines faites pour en imposer à la vue, & qui ne m'ont nullement étonné ; j'ai voulu entendre les paroles qu'on y chantoit, & je n'ai rien entendu ; j'ai demandé qu'on m'expliquât ce qu'elles signifioient, & l'on m'a répondu qu'elles ne signifioient rien, que c'étoit tout simplement de grands mots propres à faire retentir la musique, & qu'il ne falloit y chercher ni sens, ni liaison.

J'ai vu enfin des petits spectacles d'enfans qui amusoient de grands personnages, & des pantomimes qu'on ne devinoit pas ; je fus étonné de ce que le peuple y courroit en foule, & j'ai dit il faut qu'il soit bien à son aise, ou qu'il soit bien fou, trois heures retranchées sur la journée d'un ouvrier, lui portant au bout du mois le plus grand préjudice.

On dira que les Parisiens sont comme les Romains, à qui il falloit nécessairement des spectacles. Il est vrai qu'une ville telle que Paris, a besoin de divertissement ; & je suis étonné de ce qu'elle n'a pas chaque année des fêtes populaires, il en résulteroit beaucoup d'argent pour le pays. Les étrangers viendroient de toutes parts, & y porteroient leur or.

Un Vénitien, me disoit, il y a quelque tems, nous rions, plus que personne, du mariage de notre Doge avec la mer, la chose en effet la plus burlesque & la plus risible; mais nous nous donnerions bien garde de l'abolir ; c'est une rente annuelle des mieux constituées. On vient me chercher pour voir des tombeaux précieux, qu'on nomme ici *mausolées*. C'est ainsi que les François honorent la mémoire de leurs hommes célebres. Je t'en rendrai compte. Adieu.

A Paris, 1788.

LETTRE LV.

Zizac à Zator.

OH ! mon cher Zator, que de minutes, que d'heures enlevées à ta patrie, & dont tu rendras compte à notre grand prophete. Il ne devoit y avoir de voyage permis chez les mahométans que celui de la Mecque, & Paris chez toi l'emporte ſur ce ſaint lieu.

Si Tipoo-Saïb ne veilloit pas continuellement ſur nous par ſa ſuprême prudence, je craindrois bien qu'il n'y eût encore dans le pays des révolutions. Les Marâtes couvent ſous la cendre un feu qui peut occaſionner un incendie. Plains le malheur des foibles mortels ! lorſqu'ils ont un ciel exempt d'orages, leurs paſſions s'allument, & produiſent les plus grandes tempêtes.

Tu ne trouveras plus Klangluk, il eſt en poudre ; il a voulu ſe traiter lui-même, & il a expiré comme preſque tous ceux qui, dans l'art médical, veulent ſe confier à leur ſavoir.

Ses femmes ſont déſolées, quoiqu'elles ne l'aient preſque jamais vu dans un calme raiſonnable ; mais tu le ſais, il y a des femmes qui veulent être traitées rudement, & même battues ; elles prétendent que le paſſage de la colere la plus effrenée à l'amour le plus tendre, eſt un moment délicieux.

Sigaï que nous avons connu, avoit une femme qui briſoit tout, à deſſein d'être grondée ; elle diſoit qu'un époux n'étoit jamais plus beau, que lorſque ſes yeux étinceloient de fureur. Ses peines furent inutiles, elle auroit mis ſa maiſon en pieces, que Sigaï, le plus doux des humains, ne ſe feroit pas fâché. Elle n'y put tenir, elle ſe noya.

Fais sur-tout une ample provision d'historiettes agréables, de nouvelles curieuses; tu es à la source & à l'embouchure. Notre imagination n'a pas besoin d'être excitée, elle est assez vive; mais notre mémoire voudroit des anecdotes. Elle est stérile, n'ayant rien de ces jolis événemens à la françoise capables de l'entretenir & de l'orner; car je sais par quelques Romans que j'ai lu, & qu'on a traduit en Arabe, que la France est l'asyle des jeux & des ris, que l'esprit y est plus fécond, & plus précieux que nos mines d'or & que tous nos diamans.

Cependant, cher ami, ne vas pas te laisser prendre à ces dehors, surtout si la raison en souffre. Il est bien difficile qu'elle ne se laisse point éblouir par un si joli clinquant. Adieu.

A Bednor, 1788.

LETTRE LVII

A Glazir.

JE reçois trois de tes lettres au moment que je prends la plume pour t'ouvrir mon cœur, & malgré leur longueur, je voudrois encore les allonger. Que je suis ravi de ce que tu te portes bien, & de ce que nos femmes vivent en paix! C'est le plus riche présent du ciel & le plus rare.

Je m'acquitterai de tes commissions avec tout le zele imaginable, & pour que rien n'y manque, je chargerai un homme intelligent de ce soin, il ne fait pas d'autre métier que d'être au service des étrangers, pour quelque légere restribution. Il devoit avoir cinquante mille livres de rente dont un malheureux procès l'a dépouillé.

Le corps des Magiſtrats eſt ici formidable. Il n'y a rien à craindre des Chefs qui travaillent gratuitement pour le bien public, mais il y a des ſubalternes pour qui la chicane eſt une mine d'or. C'eſt de ces hommes-là même dont un de leurs Rois, nommé Henri-le-Grand, diſoit: je frémis quand j'en rencontre un avec une liaſſe de papier ſous le bras, parce qu'alors je penſe qu'il va égorger quelqu'un.

Et cela n'eſt que trop vrai. Ils auroient été excellens dans notre pays, où les richeſſes ne manquent pas. On m'a montré dans les promenades publiques nombre de femmes & d'orphelins ſans pain, comme un ouvrage de leur façon. Il n'y a pas de plus habile anatomiſte pour diſſéquer les perſonnes & pour en faire des ſquélettes. On ſe contente de les appeller fripons, & on les laiſſe agir. Ce ſont les Janniſſaires de Conſtantinople qu'on ne peut réduire.

Que voulez-vous que je devienne, me diſoit confidemment un d'entre eux, dans un jardin public où le haſard nous lia pour un moment. Je poſſede une charge qui m'a coûté cher; j'ai une femme & des enfans à ſoutenir, & une femme entichée des folies du jour, qui veut les modes les plus recherchées, & qui s'évanouira toute la journée ſi elle ne les a pas. Pour lui avoir refuſé l'autre jour un bonnet d'un louis, elle m'en dépenſa deux en eaux vivifiantes dont il fallut uſer de quart-d'heure en quart-d'heure pour la faire revenir. Sans cela elle ſe mouroit; car il eſt maintenant d'uſage qu'une Procureuſe ſe trouve mal comme une Marquiſe: d'ailleurs, ajouta-t-il, ſi je refuſe ces aubaines, un de mes confreres en profitera, & le client ne s'en trouvera pas mieux. Tous les animaux ont été créés pour vivre les uns des autres. La loi en est porté, & ce n'est pas moi qui l'ai faite. Il est vrai que je proportionne ma taxte selon la richesse de la personne, n'exigeant pas autant d'un homme qui n'a que dix milles livre de rente, que d'un autre qui en aura quatre-vingt. Nous connoissons heureusement la justice distributive, & nous ne nous en écartons pas.

Et d'après cela, mon cher, ce seront ces hommes-là qui passeront pour honnêtes, pendant qu'on nous traite de barbares. Jamais nos conquérans qu'on suppose avoir été cruels, n'auroient commis de pareils excès. Ce sont-là, lui dis-je, des barbaries d'autant plus dangereuses qu'elles s'exercent dans l'obscurité.

Il me paroît qu'on peut appeller ces ſortes d'êtres, d'habiles diſtillateurs de l'eſpece humaine. Ils ont l'adreſſe de faire durer des procès trente & quarante ans, afin que ce ſoit un héritage qui paſſe à leurs fils. On dit qu'ils ſe font ſignifier à eux-mêmes des oppoſitions en l'air, pour ne rien terminer.

Il voulut m'inviter à dîner, & je lui répondis peut-être avec trop de vérité : tout barbare que je ſuis, Monſieur, je ne mange point encore de chair humaine, & je m'eſquivai.

Un Préſident du ſénat pariſien apprit cette petite aventure, & il m'en remercia, en me diſant que tout l'univers ne pourroit pénétrer dans les ténebres dont ces gens-là s'enveloppoient pour conſommer leur iniquités ; qu'heureuſement ils ne penſoient pas tous comme celui-là, ou que du moins ils n'étoient pas assez mal-adroits pour s'en vanter.

Il est vrai qu'il étoit jeune, & qu'il n'avoit point encore l'expérience du métier.

Parlons de choses moins révoltantes. Je vis hier des danses qui me firent un vrai plaisir. Ce n'est pas un exercice que les François prennent aussi fréquemment que les autres nations, & même dès qu'ils ont plus de vingt ans, ils ne veulent plus danser.

L'endroit où ce divertissement avoit lieu, étoit égayé par un magnifique feu d'artifice que donnoit un Italien aux dépens du public. J'étois sûr avant de le voir qu'il réussiroit, me dit un élégant qui s'approcha de moi, les Italiens ayant toujours été aussi artificieux qu'artificiers.

Tel est le François, la rage de dire un bon mot lui aliene l'esprit des nations. Il n'en faut pas chercher la cause dans son cœur, mais dans sa légereté.

On rapporte qu'un jeune Officier François réprimandé par le feu Roi de Prusse, pour avoir dit à quelqu'un vous parlez comme un Suisse, lui répondit : Sire, c'est qu'il me cherchoit une querelle d'Allemand. Et voilà comme, sans le savoir, répondit le Monarque, vous insulté les nations. Ignorez-vous donc, ajouta-t-il, que les Prussiens appartiennent à l'Allemagne.

Tu m'as demandé si je regrete les fruits du pays, nous en avons ici dans un autre genre, & qui sont délicieux. La Providence a si bien arrangé les choses, que la bonté des légumes & des fruits est relative au climat comme au sol, les Ananas dans l'Inde, les pêches à Paris.

Je rencontre par-ci par-là quelques Anglois & quelques François que j'ai vu à Maissoür, & c'est pour moi, comme pour eux, un grand plaisir ; on aime singulierement à se revoir, quand on s'eſt vu très-loin ; l'un d'eux me donna l'autre jour un grand dîner.

Il y avoit ce que les François appellent un bel eſprit, un homme qui parloit de tout, ſans rien ſavoir, & qui, moyennant l'agréable ouvrage de l'Abbé Raynal, fit des tableaux de l'Inde, où tout Indien ne ſe feroit pas reconnu. L'on me dit à l'oreille qu'il ne falloit pas le contredire, parce qu'il étoit un coriphée en littérature, & je me tus.

Je remarquai effectivement qu'on l'écoutoit avec une ſorte de vénération.

A Paris, 1788.

LETTRE LVII.

A Glazir.

JE t'ai promis, mon cher Glazir, de te parler des tombeaux qu'on devoit me faire voir. On m'y a conduit, & les premiers par où nous avons débuté, ſont ceux de quatre Cardinaux qui ont été miniſtres du même état, avec des vues toutes différentes, & qui, par des moyens oppoſés, ſe ſont faits des réputations.

Le *Richelieu*, qui, pour élever la Monarchie Françoiſe ſur les débris de la liberté, oſa faire des grands ſes valets, & de ſon Roi ſon ſujet, travaillant beaucoup moins pour Louis XIII, que pour ſon ſucceſſeur Louis-le-Grand.

Le *Mazarin*, à qui l'aſtuce tint lieu du génie, & qui ſut trouver dans de petits

petits moyens la force de lutter contre de grands événemens.

Le *Dubois*, qui flétrit son génie par des mœurs dépravées, & qui auroit pu faire le bien, s'il n'eût pas été aussi décrié.

Le *Fleury*, qui fut aussi sage qu'économe, mais qui, s'occupant trop de disputes de religion, ne fit que les attiser, en voulant les éteindre.

Tels sont les quatre mausolées que j'ai attentivement observé, avec la différence qu'il n'y en a qu'un superbe dont l'école de Théologie, nommée *Sorbonne*, se glorifie avec raison.

Une ville n'eût-elle que de pareils monumens, deviendroit célebre. On ne peut mieux faire que de les multiplier. Je ne m'étendrai pas davantage sur cet objet, dont les livres géographiques rendent un compte fidele.

Pierre-le-Grand vit le mausolée du Cardinal de Richelieu ; & comme son génie avoit des rapports avec le ſien, il fut moins frappé du chef-d'œuvre de l'artiſte, que de la mémoire du Miniſtre.

Il conſulta la Sorbonne ſur la différence des ſentimens qui diviſent l'égliſe Grecque de l'égliſe Romaine dans l'eſpoir de les réunir ; mais des intérêts perſonnels l'empêcherent d'exécuter ce projet.

Son pays cependant s'en feroit bien trouvé, me dit un Ruſſe très-judicieux, par la raiſon que nous n'avons que des prêtres ignorans, & que la communication entre Rome & Pétersbourg les auroit inſtruit. Ces deux villes auroient eu de fréquens rapports, & les Ruſſes auroient fini par avoir à Rome une académie de peinture & de ſculpture à la maniere des François.

Je te parlerai maintenant des cafés ; c'eſt-là que, moyennant les papiers pu blics des nouvelliſtes grands cauſeurs, nous tiennent ſur le tapis ; ils nous font agir à leur gré, ils devinent ce que nous ferons, ils ſupputent les pertes ou les gains qui nous arriveront, comme s'ils liſoient dans le livre de l'avenir.

Autant de tribunaux où l'on juge les nations, les ſouverains mêmes, & tous les livres qui paroiſſent. Celui qui fait le plus de bruit, eſt ordinairement le plus ſûr d'être écouté.

Il auroit fallu me déguiſer pour jouir du plaiſir de l'*incognito*, & pour entendre tout à-la-fois bien de bonnes choſes & bien des inepties.

Les cafés, en général, ſont des lieux honnêtes, & très-bien décorés; il y a des gens d'eſprit qui viennent s'y faire écouter, & il faut convenir que leur vanité ſe contente de peu de choſe, s'ils ſont ſatisfaits de la gloire qu'on y acquiert : c'eſt ſe rendre l'orateur des communes à bon marché.

Je voulus ſavoir s'il y avoit long-tems que Paris étoit dans l'uſage d'avoir des cafés, & un vieux Chevalier de Malte très-inſtruit, m'apprit que le café de Conſtantinople, rue Saint-Antoine, étoit le plus ancien, qu'il y avoit plus de cent cinquante ans qu'un Turc étoit venu s'y établir.

Il me raconta que ce bon Turc ſe fit chrétien, & qu'ayant toute la peine du monde à s'exprimer en françois, il ne ſavoit rendre que ces mots qu'il répétoit continuellement à l'égliſe, & d'une voix aſſez forte pour être entendu.

Oui, mon divin Sauveur, oui, vous êtes le vrai Prophete, & Mahomet n'eſt qu'un, &c.

Les cafés ſont d'une grande reſſource, pendant l'hiver, pour les avares & pour les gens peu fortunés. Il y en avoit un qu'un gentilhomme de province avoit adopté. Il y venoit chaque jour prendre sa tasse de chocolat, & s'en alloit sans payer. Les garçons en avertirent le maître, & il leur ordonna de ne rien dire, & de continuer à fournir ce qu'on leur demandroit. Cela dura six mois, & ce terme écoulé, l'inconnu ayant la larme à l'œil, vint apporter l'argent qu'il devoit.

Vous m'avez sauvé la vie, dit-il au maître du café, en me fournissant régulierement par jour dequoi me sustenter; « je suis un gentilhomme qui n'avois pas alors de pain, & que le gain d'un procès vient de rendre à la vie ainsi qu'à la société. Il voulut faire un présent qu'on eut la générosité de refuser; ces traits ressemblent aux Parisiens. » Il y en a sans nombre, & dans ce même genre, qui leur font le plus grand honneur. Le peuple ici ne connoît ni l'épargne ni le danger, quand il s'agit de venir au secours du prochain.

Ainsi, ton excellent cœur se trouveroit dans Paris fort à l'aise. Tu serois charmé d'y voir de toutes parts ta sensibillité. Il n'y pas d'heure qu'on n'y fasse des actes de bienfaisance. On s'encourage réciproquement à donner.

Les hôpitaux ne répondent pas au zele qu'on montre pour les malheureux, mais on prend des arrangemens pour les réformer, & pour ne pas mettre quatre malades dans un lit. Inhumanité dont on a senti plus que jamais les inconvéniens, depuis que par la plus étrange méprise on se mettoit en devoir de couper la jambe d'un homme qui ni avoit aucun mal, & d'en enterrer un autre qui étoit plein de vie; comme les ordres étoient donnés pour enlever de tel lit un malade qu'on ſuppoſoit mort, il avoit beau crier, les porteurs n'y faiſoient nulle attention, & alloient toujours leur train; il fallut les arrêter.

A Paris, 1788.

LETTRE LVIII.

Urtabek à Zator.

C'EST d'Alexandrie que je t'écris, mon cher Zator, pour me réjouir de ce que tu es enfin en Europe, & sur-tout en France, où le siecle présent a pris son lustre & son amabilité. Je crois réellement que sans l'aménité françoise & sans les charmans ouvrages qu'elle a produit en tout genre, le dix-huitieme siecle se seroit écoulé d'une maniere monotone. On n'auroit vu sur la scene du monde ni ces fiers conquérans, ni ces beaux génies, ni ces femmes charmantes qui l'ont illustré.

Voilà ce que m'a fait connoître le séjour que je fis à Paris en 1769. Tu brulois déjà du desir d'y venir, & je je puis dire que cette forte volonté me donnoit dès-lors une juste idée de ce que tu serois un jour.

J'ai passé quelque tems au Caire pour les affaires de notre commerce. Je ne fus jamais plus content que lorsque je me vis perché sur ces pyramides énormes, qui, quoiqu'on en dise, font beaucoup d'honneur à ceux qui les entreprirent. On n'est pas né avec de petites idées, quand on fait exécuter d'aussi vastes projets. Ton nom y est inscrit à côté du mien; & tu penses bien qu'alors mon cœur étoit de la partie.

As-tu conservé ta gaîté; c'est le baume de la vie; avec elle on supporte patiemment tous les maux, avec elle on ne vieillit point, j'en ai fait ma compagne fidelle, me souvenant sans cesse de l'excellent livre du Pere Sarasa, Jésuite Espagnol, sur l'art de toujours se réjouir : *De arte ſemper gaudendi*. C'eſt le livre, ſelon moi, où il y a plus de bonne & vraie philoſophie.

Croirois-tu que ſi Démocrite vivoit encore, que c'eſt l'homme que j'irois voir de préférence, fût-il à l'extrémité du monde, il devoit être charmant.

Une femme raviſſante, quoiqu'Égyptienne, car il s'en trouve en tout pays, me diſoit, il y a quelque tems, que la gaîté valoit mieux que la ſanté même, attendu qu'on ſe portoit mal quand on n'étoit pas gai. Il eſt vrai que j'ai vu des perſonnes rire avec la goutte & la gravelle, & que j'ai vu nombre de gens qui ſe portoient au mieux livrés totalement à l'ennui. La triſte exiſtence! les bêtes valent mille fois mieux que ces ſortes d'êtres, car du moins elles ne s'ennuient pas.

Ton eſprit va ſe régaler, il faut en convenir; il ne tiendra qu'à toi de bien l'alimenter. Paris eſt le pays du monde où l'on ſert dans ce genre les meilleurs ragoûts ; on y a ces petites brochures de friandiſe qui forment les plus jolis entremets, & ces ces heureuſes ſaillies qui pétillent comme leur vin mouſſeux. Il y avoit autrefois la petite chanſonnette qu'ils ont mal fait de retrancher ; on n'eſt jamais au bien, quand on veut toujours aller au mieux.

Perſonne n'a peut-être plus que moi tiré un bon parti des bois de Vincennes & de Boulogne, que je te prie de voir à mon intention. Je m'y trouvois fréquemment avec un certain Marquis de l'Etoriere, dont toutes les femmes de qualité rafolloient. On m'a dit qu'il étoit mort, & qu'on avoit donné ſa vie ſous le titre d'*Année galante*, & que c'étoit charmant.

Je romprai tous mes engagemens pour te revoir ; je ne connois qu'un avantage dans la vie, de retrouver ses amis, & de se réjouir avec eux.

Marque-moi ce qu'on dit de nos Ambassadeurs; ils ont par eux-mêmes de quoi se faire estimer. Les petits-maîtres François ne les goûteront pas; mais il y a des sages dans Paris capables de savourer leur mérite. J'ai appris, je ne sais comment, qu'ils ne s'étonnoient de rien, tant mieux, cela prouve une ame élevée.

Tipoo-Saïb sera charmé de t'entendre à ton retour; il estime ceux qui savent penser & parler: ma foi ce sont les deux plus belles opérations de la vie.

Mon fils devient aussi grand que moi, & presque aussi gai; tu lui trouveras cet air de candeur, le signe caractéristique de la nation. Il est bien malheureux qu'il ait tué sa mere en naissant. Comme elle l'auroit aimé! Cela m'oblige à avoir pour lui une double tendresse ; & ce double devoir fait le bonheur de ma vie.

De tes nouvelles sur le champ ; il y a plus de dix-huit mois que j'en suis affamé. Ta sœur, par la voie d'un courier Anglois, m'a fait passer des témoignages de son amitié.

Béni soit Hyder-Ali, car c'est lui qui nous a mis dans le cas d'avoir des relations avec l'étranger, & qui nous a pour ainsi dire mis à la fenêtre de maniere à voir ce qui se passe en Europe. Nous étions jadis comme les Lapons, ne connoissant que nous-mêmes, & ne croyant presque pas qu'on pût exister hors de l'Inde.

Adieu, faisons un mélange de nos deux gaîtés, & tout ira bien.

A Alexandrie, 1788.

LETTRE LIX.

A Urtabek.

Je suis enchanté de voir que les traverses ne t'ont point attristé, & que toujours le même, tu te souviens avec délices de ton ancien ami ; le ciel seul peut connoître jusqu'à quel point je te suis attaché. Une fatalité veut que nous autres Indiens nous vivions pour ainsi dire isolés, & que nous ne nous rassemblions que lorsqu'il s'agit d'entrer en guerre, & de faire des actes de fureur. Les Européens sont bien plus sages que nous, ils n'existent qu'autant qu'ils se fréquentent & qu'ils s'écrivent.

Je me trouve depuis quelque tems au milieu d'un monde nouveau, dont le langage me paroît aussi aimable que ſes manieres à travers les ridicules que je découvre ; mais chacun eſt marqué au coin de la folie ; ceux même qui pouſſent la ſageſſe trop loin, ſont les premiers foux.

La gaîté que tu me conſeilles me ſaiſiroit ici malgré moi, quand je ſerois d'humeur à m'attriſter. On n'a pas beſoin d'aller au ſpectacle pour trouver matiere à rire. La comédie vient ici dans les maiſons, ſans qu'on ſoit obligé d'aller la chercher, par les burleſques aventures qui ſe ſuccedent ſans ceſſe, & dont on eſt journellement averti ; tantôt c'eſt une révolution ſubite dans la partie politique, tantôt un phénomene dans l'ordre moral, toujours des mémoires, toujours des pamphlets qui ſe préſentent pour ainſi dire d'eux-mêmes, ſans qu'on ſache qui les apporte.

Un homme de condition qui ſe fait un amuſement de débiter chez ſes connoiſſances toutes les nouveautés, & preſque toujours ſans les lire, fut dernierement bien attrapé. Il arrive dans une maiſon au moment qu'on alloit ſe mettre à table, il y avoit nombreuſe compagnie, & par l'éloge qu'il fit d'un mémoire tout frais qu'il tenoit en main, on ſe jette deſſus avec avidité.

Mais quelle fut la ſurpriſe quand l'infatigable diſtributeur de nouvelles vit que dès la troiſieme page, il étoit peint comme un eſpion de police, & comme un être le plus dangereux dont il falloit ſe préſerver.

Il décampa en jurant, oublia ſa canne & ſon chapeau, & depuis on ne l'a plus revu. Un militaire en apprenant cette aventure, lorſqu'on me la racontoit, nous dit qu'autrefois le Marquis de ***, qu'on nommoit le *Nouvelliſte de la Cour*, apprit à Louis XIV qu'une Abbeſſe, en allant aux eaux, venoit d'accoucher à Verſailles, pour n'avoir pas bien calculé. Il ſut quelques heures après que c'étoit ſa propre fille, & depuis il ne s'aviſa plus de débiter des nouvelles; il fuyoit même ſitôt qu'il étoit queſtion de quelque nouveauté.

La gaîté ſe ſoutient ici dans l'état mitoyen. Les grands ont trop de morgue & trop d'affaires pour rire ſans façon; & le peuple preſque toujours tourmenté par le beſoin, n'a que des accès d'une joie pétulante qui s'en va comme elle vient.

Les gens qui prétendent aux honneurs du bel eſprit, ne ſavent que ſourire d'un air dédaigneux, ou par maniere de protection. J'eus l'autre jour un plaiſir indicible à ce ſujet. Je me trouvois à Paſſy, ce village, le veſtibule du bois de Boulogne, ſemble l'aurore d'un beau jour. Il y avoit dans la maiſon où je dînai deux femmes diſtinguées autant par leur naiſſance que par leur amabilité, & qui ne ſe laiſſent manquer de rien en genre de bonne plaiſanterie. Elles plotterent de la maniere du monde la plus piquante & la plus légere, un petit Auteur à la mode, qui, pour avoir fait quelques vers, croyoit pouvoir ſiéger avec Apollon.

Il auroit demandé graces ſans ſon orgueil; mais à peine eût-il dîné, qu'on ne le revit plus. On a raiſon de dire que le grand uſage du monde eſt le véritable eſprit qu'on doit avoir dans la ſociété. Autrement on y eſt épigrammatique, pédant, courant après la phraſe, cherchant le bon mot, & conſéquemment faſtidieux pour tout le monde.

J'aime beaucoup cette dame, qui, excédée des viſites d'un piqueur de table, dont tout l'eſprit conſiſte à perſiffler, lui fit donner les ſatyres de

Juvenal en attendant le dîner, & ne le fit avertir qu'au moment où l'on se levoit de table. Ah! ma foi, dit-elle, on vous a oublié, mais il n'y a rien de perdu. Vous aviez les plus excellens mets qu'on puisse vous offrir. Il sortit autant courroucé qu'affamé. L'on permet en pareil cas d'avoir de l'humeur.

Notre souverain est généralement estimé dans ce pays-ci, & je ne serois point surpris de voir avant mon départ des bonnets *à la Tipoo*. Tu sais que les femmes de Paris sont dans l'usage de porter sur leur têtes l'emblême de quelque grand personnage, ou de quelque merveilleux événement.

C'est une véritable étude que celle d'une marchande de modes, & un état aujourd'hui qui suppose des connoissances, si tout ce qu'on m'a dit de leur talent est vrai; je pense qu'on devroit ériger une académie en leur honneur. Ce ſeroit bien malheureux, ſi l'on n'en trouvoit pas quarante capables d'une pareille diſtinction.

C'eſt à tort que tu me renvoies aux brochures du jour, pour m'entretenir dans la gaîté; l'on n'imprime plus que des Romans, ſoi-diſant Anglois, & ce n'eſt ſûrement pas là qu'il faut chercher l'agréable & le plaiſant.

Il y avoit autrefois des débordemens d'eſprit en tout genre. Aujourd'hui tout ſe réduit à la ſatyre. Elle fait l'aſſaiſonnement de preſque tous les livres du jour, ſans égard pour les noms, pour les rangs, pour les vertus mêmes.

On ne ſait plus comment ſe mettre, diſoit, il y a quelque tems, une femme eſtimable, ni comment écrire, ni comment agir, ni comment parler, de quelque façon qu'on s'y prenne, on ſera ſûrement critiqué. C'eſt un fait qu'il n'y a presque pas de famille qui n'ait un mémoire déshonorant, presque personne qui ne soit placé dans un libelle..... L'homme le plus honnête, comme le plus tranquille, n'en est pas exempt; l'ouvrage le plus utile & le mieux écrit, se trouve en butte à la critique des plus mauvais écrivassiers.

« Il y a dix ans que ma plume est taillée, que mon papier est prêt, que mes idées veulent éclôre sur le sujet le plus essentiel, me disoit l'autre jour un savant, & il y a dix ans que je n'en ai pas le courage; faire maintenant un livre, c'est se mettre à la merci des malicieux & des ignorans ».

Tu penses bien que ce n'est pas un homme gaî qui m'a parlé de la sorte. La gaîté se rit des critiques; elle verse le vin de Champagne quand on la censure, elle fait une hymne quand on la dénigre, riant de tout, & ne connoiſſant de mal que celui de s'affliger, & n'en voulant à perſonne, pas même à ceux qui l'attaquent..... Je n'ai que le tems de rire, diſoit un plaiſant, & il ne m'en reſte ni pour critiquer, ni pour haïr.

Adieu. Les pyramides dont tu me parles dureront mille fois moins que mon amitié. Celle-ci paſſera dans l'autre monde avec moi, elle y ſubſiſtera lors même que tous les monumens les plus ſolides & les plus beaux ſeront en poudre.

A Paris, 1788.

LETTRE LX.

A Glazir.

IL eſt donc à Baſſora ce charmant philoſophe, qui va cueillir des connoiſſances comme les autres des fleurs; & il y eſt malheureuſement malade. Mais on me raſſure en me marquant qu'il n'y a rien de dangereux. Hélas! le danger ne ſeroit que pour ſes amis. L'homme juſte à la mort ſe voit dégagé de la matiere, & paſſe, ſelon toute apparence, dans quelque planete.

Il y en a qui s'imaginent que les ames ſeront, pour ainſi dire, ſtagnantes dans l'autre vie. Le vrai bonheur ne fut jamais apathique. Ce ſont les contemplatifs qui ont imaginé cette félicité.

Je ſuis de l'avis d'un profond philoſophe que je rencontrai en quittant Marſeille : voilà quel eſt ſon ſyſtême. L'Éternel, me dit-il, eſt au milieu du monde intellectuel, comme le ſoleil dans le centre du monde terreſtre, & ce n'eſt qu'après avoir ſucceſſivement parcouru toutes les planetes, que les eſprits arriveront enfin juſqu'à ſon trône. Les corps s'y réuniront, & deviendront agiles, comme les eſprits mêmes pénétrant par-tout ſans trouver aucun obſtacle, atteignant ce qu'il y a de plus élevé ſans craindre aucune chûte.

Nous raiſonnâmes long-tems ſur la difficulté de rappeller des parties qui, par le moyen d'une continuelle tranſmigration, ont paſſé dans mille êtres différens, & ſont devenues tout ce qu'elles n'étoient pas.

Il me fit judicieuſement obſerver qu'il ſuffiſoit que ces particules ne fuſſent

fussent pas anéanties, pour démontrer la possibilité de leur réintégration, & que le grand Être ne pouvoit détruire ses ouvrages, de même qu'il ne peut changer l'essence des choses, par la raison que cela implique contradiction. Il partit delà pour se jetter dans toutes les profondeurs de la métaphysique dont je pris volontiers une leçon, pensant qu'à Paris on ne me parleroit sûrement pas d'une science aussi abstraite.

La métaphysique peut s'y comparer à cette citadelle qui existe dans la Flandre Françoise, & qu'on nomme *la belle inutile*. Depuis Malebranche, il n'y a plus dans Paris de vrais métaphysiciens. Au reste, qu'est-ce qu'il y a de plus abstrait que l'idée d'une ame spirituelle, & d'un être infini, & conséquemment de plus difficile à traiter, à moins qu'on ne veuille voyager dans le pays des chimeres?

Ce qui fait que Malebranche lui-même est beaucoup plus estimable comme excellent moraliste, que comme profond métaphysicien. Ses hauteurs sont inaccessibles pour la plupart de ceux qui le lisent ; ils ont beau s'élever, ils ne peuvent y atteindre. Aussi Voltaire, malgré tout son esprit, trouva-t-il plus facile de le plaisanter que de l'analyser. On sait, me dit l'étranger, à qui je parlois, que ce fut la grande maniere dont il éluda toujours les difficultés.

Nos Indiens s'aviserent autrefois de vouloir être aussi métaphysiciens, & cela dégénéra dans des fables qui font pitié, comme celle de Bagiretta, qui s'imagina que les cendres de son pere & de sa famille, se ranimeroient, pourvu que les eaux du Gange, fleuve, disoit-il, qui descend du ciel, vinssent les arroser. Il y en a qui croient encore parmi ceux qui sont idolâtres, que le Gange passant à travers une montagne qui paroît taillée en forme de tête de vache, ceux qui s'y précipitent tenant une vache par la queue, vont droit au ciel.

Rien de plus épuré que la métaphysique, mais rien de plus ordinaire que de la voir dégénérer dans des systêmes absurdes. On commence par s'occuper fortement de Dieu, & l'on se livre à des illusions qu'on croit d'heureuses découvertes.

Mais quittons ces idées abstraites pour passer à la comédie. On m'y conduisit hier, & j'y songeai pendant tout le tems à la manie de terminer toutes les pieces par un mariage. Il me semble, disois-je en moi-même, que la comédie étant la représentation de toutes les scenes de la vie, l'on devroit au moins jouer quelquefois les amans qui se dédisent. Il y a tous les jours des mariages qui se rompent au moment même qu'on croit être à la conclusion : d'ailleurs c'est une monotonie lassante, sur-tout pour des François qui aiment la variété.

Mais quand j'aurois le bonheur d'être de cette nation légere, je te proteste que je serois tenace plus que personne dans mon amitié, & que celle que je t'ai vouée, seroit immuable comme la loi même de notre grand Prophete.

A Paris, 1788.

LETTRE LXI.

A Glazir.

JE ne puis faire un pas dans cette ville ſans rencontrer des liſeurs ; on lit à la porte des maiſons, on lit en voiture, on lit dans les promenades publiques, on lit dans les cafés, on lit ſur le pont-neuf. Chacun, juſqu'au laquais qui ſuit ſon maître, juſqu'au cocher qui le mene, ne ſort plus qu'une brochure à la main. En eſt-on plus inſtruit ?

Tout cela me fait trembler pour les ſiecles à venir ; je me les figure ignorans, prenant en averſion les Libraires & les Imprimeurs, ne ſachant peut-être pas ſigner leur nom. Les révolutions des âges ſont un tableau mouvant dont on eſt effrayé ; vont-ils en ſe perfectionnant, bientôt ils rétrogradent.

Au reſte nous n'y ſerons plus, quand ces mutations arriveront, & nos neveux feront comme il leur plaira. Peut-être ſeront-ils plus heureux de ne connoître que leur Alphabet.

Cette fureur de lire, & de lire tout ce qui ſe préſente, nous vient des Anglois, me dirent deux hommes ſenſés. Depuis que nous avons voulu prendre leurs cravates, leurs fracs, nous coëffer comme eux, équiter comme eux, enfin les ſinger dans toutes leurs manieres, nous croyons qu'il n'y a plus rien de bien que ce qu'ils font; au point que le ridicule de leurs voitures, que la bizarreire de leurs jardins, que la tournure de leurs jokais, que la ſingularité de leurs uſages nous dénature tous les jours.

Il a fallu étouffer notre gaîté naturelle, devenir enfin distraits pour mieux leur ressembler. Rien de plus ordinaire que de voir maintenant parmi nous des François tels qu'on n'en avoit jamais vu; des François qui vous abordent aujourd'hui d'un air gracieux, & qui demain ne vous regardent pas; des François en un mot, qui ne ressemblent point à ceux qui vivoient du tems de Louis-le-Grand, ce Monarque dont le regne ne fut jamais calqué sur celui de personne, & qui eût regardé comme une breche faite à sa gloire, la manie d'imiter.

Je t'avoue que ces réflexions m'ont beaucoup plu. Elles m'ont prouvé que la frivolité, quoique le péché mignon des Parisiens, n'avoit point totalement énervé leurs esprits, & qu'ils avoient des hommes en dépit du déclin des mœurs.

Cependant malgré leur avidité

pour la lecture, ils ne ſont pas généralement inſtruits comme ils devroient l'être. Leur eſprit fait tort à leur connoiſſances. Ils ſe contentent d'éfleurer au lieu d'approfondir, penſant qu'ils en ſauront toujours aſſez, pourvu qu'ils ſachent plaire & bien s'exprimer.

On accuſe les inſtituteurs de ne pas les inſtruire ſur ce qu'ils devroient ſavoir, de leur laiſſer ignorer, par exemple, la généalogie de leurs propres ſouverains, & les principaux traits d'héroïſme qui entrent dans l'hiſtoire des diverſes nations.

Il y en a peu, par exemple, dont les connoiſſances s'étendent juſques ſur notre pays, quoiqu'il leur fût facile d'apprendre nos uſages, nos guerres, nos mœurs, depuis que les François ſe répandent dans l'Inde; mais on croit communément à Paris que toute la ſcience poſſible ne vaut pas l'amabilité;

l'amabilité ; auſſi n'y retrancheroit-on pas un mot d'une converſation frivole pour entendre les relations d'un étranger ; on l'interroge, & l'on n'attend pas ſa réponſe. Que les facultés de ton ame ne ceſſent jamais de s'élever vers celui qui te les a donnée.

A Paris, 1788.

LETTRE LXII.

Zator à Glazir.

Fasse le ciel que ton séjour à Paris n'altere point ton amour pour ta patrie, & qu'incessamment rendu à tes amis, tu leur communiques la joie qu'ils auront de te revoir; ta présence deviendra ce beaume odorant qui ranime les esprits vitaux; ton esprit enrichi de mille nouvelles connoissances, sera comme le palmier qui se couvre de rameaux pour étendre sa magnificence, & pour nous faire admirer sa fécondité.

Le Gange deviendra plus sacré, lorsque tes vertus viendront embellir ses bords, & que tu boiras de son eau précieuse dont l'aspersion régénere & purifie.

Tes femmes craignent que la France ne t'inſpire pour elles du dégoût ; elles conviennent qu'elles n'ont point les graces des étrangeres, mais en prétendant qu'il n'y a qu'elles dans le monde capables de bien aimer.

Ton Eunuque s'aviſe de les irriter par des reproches qu'elles ne méritent pas. Il lui faudroit quelques nuances de cette aménité dont nous avons vu quelques échantillons chez les Officiers François, & que tu es maintenant à portée d'apprécier.

Il dit qu'elles veulent manger des viandes défendues par la loi, & qu'il eſt de ſon devoir de les en empêcher. Quand il ſeroit l'interprête même de l'Alcoran, il ne paroîtroit pas plus rigide. Il ſera comme la plupart des idiots qui n'affichent le zele que par eſprit de contradiction.

Un mot d'écrit de ta part appaiſera ces troubles.

L'obéiſſance qu'on te rend eſt d'autant plus prompte, que chacun voudroit être ton eſclave.

A Paris, 1788.

LETTRE LXIII.

A Glazir.

Louis XIV, ce Monarque si connu dans les quatre parties du monde, eut un fils qu'on appella le Grand Dauphin, un petit-fils, nommé le Duc de Bourgogne, & pere de Louis XV, & voilà ce que bien des François mêmes ne savent pas. Est-il permis qu'on soit aussi ignorant avec autant d'esprit?

On est ici fier, avec raison, d'avoir une maison régnante qui subsiste depuis neuf cents ans. Un pareil fait nous paroît sans doute un grand phénomene, à nous qui voyons la couronne toujours flottante errer çà & là.

Louis XVI tenant actuellement les renes du Royaume, est un Prince aussi ami de la justice que de la vérité. Il est fâcheux que différentes circonstances l'aient souvent forcé à retirer sa confiance, & que dans plusieurs ministres dont il a fait l'essai, il n'ait pas trouvé tout ce qu'il en espéroit. M. Necker actuellement chargé de cet office important, paroît l'homme le plus propre à seconder les vues du Monarque, tant par son intelligence, que par son crédit & sa probité.

Si Louis XVI vit aussi long-tems que Louis-le-Grand, son trisaïeul, qui a régné soixante-douze ans, il aura le loisir de voir la France dans la plus grande prospérité, d'autant mieux que c'est le Royaume qui a plus de ressources, & qu'elles sont inépuisables. Les Empires ont des crises comme les personnes, & l'économie est le seul moyen de les guérir.

Mais plus on a de revenus, plus

on dépense, & il n'y a que les grands Empires qui s'oberrent. Les petits Etats jouissent d'une prospérité constante, soit parce qu'ils ont moins de besoins, soit parce qu'ils ne trouveroient pas du crédit. Il ne manque ici que l'or des Indes, quoiqu'il y en aura toujours assez qnand les finances seront sagement administrées.

Je disois l'autre jour que les Indiens devroient faire un échange qui leur seroit extrêmement profitable, donner aux François leurs trésors, aux conditions que ceux-ci leur fissent cadeau de leur civilisation & de leurs lumieres.

Et notre légereté, me répondit une femme aimable, ne la mettriez-vous pas pour conclure le marché. Ma foi, lui dis-je, elle est peut-être d'une plus grande ressource que vous ne croyez. Outre qu'elle entretient ces modes dont vous avez fait une magnifique branche de commerce, elle vous empêche de connoître le chagrin, & de vous y livrer. Sans la légéreté, vous n'auriez jamais produit ces brochures agréables qui font le passe-tems de l'Europe entiere, & l'on ne vanteroit pas de toutes parts votre esprit sémillant & votre amabilité.

J'osai dire à ce sujet que je regardois le François comme l'écureuil de l'espece humaine, & cela fut trouvé bon. Tout passe ici à la faveur de la plaisanterie, & si, par hasard, l'on se bat pour quelque mot piquant, on le fait d'un air si leste, qu'on paroît badiner. Il y en eut dernierement un exemple qui amusa tout Paris.

Deux Russes se battoient gauchement derriere les murs nouvellement construits, non qu'ils manquassent de valeur, mais parce qu'ils n'avoient point cette adresse propre à faire des armes. Deux François passent, & leur disent : on ne va pas aussi sottement dans l'autre monde ; & vous gâtez le métier. Les épées n'ont pas plus de grace entre vos mains que des bâtons. Le propos paroît révoltant, il l'étoit en effet. Les étrangers veulent se venger des petits-maîtres, & Russes contre François, les voilà qu'ils s'escriment. Le combat cesse, & les Russes qu'on a ménagé, se contentent d'une légere blessure, remercient les gens aimables qui leur ont donné si lestement une leçon, & il se forme une partie quarrée où le vin de Champagne coule au lieu du sang qu'on alloit verser. On s'embrassa de part & d'autre ; on se revit, & nos Russes qui alloient lourdement dans l'empire des morts, sont charmés de se retrouver lestement à Paris. Je les ai vus, & ils me dirent agréablement à ce sujet que les Champs-Élizées qui terminent les Tuileries, valoient sûrement ceux que la poésie nous vante.

Ce qu'il y a de sûr, mon cher Glazir, c'est que tu t'abonnerois bien, ainsi que moi, pour nous tenir à ceux-ci.

Il est incroyable comme tout se fait à Paris d'une maniere amusante. On rapporte à ce sujet qu'un Officier-Général entendant un militaire qui desiroit mourir d'un coup de canon, s'écria : Monsieur n'est sûrement pas dégoûté.

Je suis étonné que dans un pays aussi sémillant, on n'ait pas adopté l'usage des Juifs, qui appelloient la symphonie à la mort de leurs proches, & qui charmoit leur douleur par le son des instrumens; mais on dira qu'on ne s'afflige plus que de la mort d'un chien.

Tu ne pourrois te persuader jusqu'à quel point les Françoises chérissent ces sortes d'animaux. Elles sont absolument Chinoises sur cet article, & tellement occupées de cet amour ou de cette amitié, comme tu voudras l'appeller, que les lectures les plus curieuses, les affaires les plus importantes ne peuvent les en distraire. C'est une place chez les femmes qualifiées d'avoir la surintendance de leurs chiens, & plus d'une fois cela valut des bénéfices considérables à des Abbés qui en étoient chargés.

Eh bien, me disoit un plaisant, on n'en verroit pas un seul dans leurs maisons, si le chien pouvoit parler. Le regne des chats a fini depuis que Buffon, le grand Historien de la Nature, les a dénigré.

Il est vrai qu'il en parle comme s'il en avoit été fortement égratigné. Une dévote allarmée disoit que c'étoit pécher contre son prochain.

Les dévotes sont ici ce que sont les *Nernez* parmi nous, des bigotes qui craignent de médire, & qui savent calomnier ; mais on n'en voit presque plus, si l'on en juge par les habits ; elles se vouoient jadis aux couleurs obscures, maintenant il faut des rubans, des bonnets pour égayer la dévotion.

Nos Ambassadeurs se font toujours voir, & l'on s'indique réciproquement les endroits qu'ils se proposent de visiter, par le plaisir qu'on a de les rencontrer. Leurs réponses toujours assaisonnées du sel de la sagesse, sont fidelement recueillies. Ils accordent à la science tout ce qu'on peut lui donner, en fréquentant les bibliotheques & les musées.

Tu dois en être charmé. Cela va laisser dans Paris la meilleure idée de nos Indiens qu'on eût, il y a cent ans, placé dans une ménagerie, parce qu'on s'en faisoit des monstres.

A Paris, 1788.

LETTRE LXIV.

A Glazir.

IL y a dans cette ville, quoique le centre de l'urbanité, une classe d'hommes moroses qui ne vous écoutent que d'une oreille, qui ne vous regardent que d'un œil, qui regrettent le mot qu'ils vous adressent; ce sont les gens de bureau. Sans doute ils n'ont pas le loisir de faire des complimens, mais du moins devroient-ils être honnêtes. On les aborde avec peine; on les quitte avec plaisir, eussent-ils accordé ce qu'on leur demande.

C'est l'antipode des patelins, autre espece d'êtres, qui séduisent par leurs révérences, qui captivent par leurs discours, & qui s'emparent de l'étranger autant qu'il eſt poſſible pour le faire tomber dans leurs filets. Ils ne ſe rendent officieux qu'à deſſein de ſe ſervir eux-mêmes.

L'induſtrie n'a pas d'agens plus ingénieux & plus zélés ; on ſait qu'elle eſt le patrimoine de ceux qui n'ont rien, & que moyennant ſes ruſes & ſes conſeils, on trouve des traiteurs commodes, des tailleurs bénévoles, des bijoutiers complaiſans. Prouvez-moi, diſoit un d'entr'eux à quelques créanciers opiniâtres, que j'aie payé quelqu'un depuis dix ans, & je ſuis dans mon tort. Le Pariſien ſe déconcerte facilement quand on affiche l'intrépidité.

Un filou décoré de titres & de cordons, eſcorté de trois grands laquais, richement vêtus, deſcend d'une voiture, entre dans un magaſin, prend pour dix milles francs d'étoffes à crédit, arrête le compte, dit au marchand, d'un air fier : vous porterez demain ce papier au Maréchal mon pere, à dix heures du matin, & sur le champ il le soldera.

Le vendeur demeure interdit, ne demande même pas le nom du Maréchal, accompagne jusqu'à la porte le prétendu seigneur, & ne s'apperçoit de sa bévue que lorsqu'il n'est plus tems d'y remédier.

On feroit la plus volumineuse collection de toutes les filouteries dont Paris a été le lieu. Ce sont mes vignes, disoit un Gascon, mes prairies, mes domaines, enfin tous mes revenus. Il se souvenoit que son pere, après avoir dicté son testament, déclara ce qu'il lui laissoit, ajouta & l'*industrie* qui lui vaudra beaucoup mieux que tout cela.

Tu serois étonné d'entendre ici l'accent gascon de toutes parts, comme si l'on étoit dans la Gascogne même;

On vient de ce pays par émigration, & l'on y reste, parce qu'on y réussit. Ce qu'il y a de plaisant, c'est qu'ils sont tous cadets, & que par conséquent ils n'ont point d'aînés.

Pour moi qui ai l'avantage de les fréquenter, je lest rouve pleins d'honneur & d'amabilité. Je te porterai la charmante description du séjour de nos Ambassadeurs à Paris, faite par un Gascon. Les plus heureuses saillies s'y trouvent à chaque page, sans qu'on ait fait violence à l'esprit. Le génie chez eux, me disoit agréablement une Languedocienne, autre espece non moins spirituelle que les habitans de la Garonne, est un propre, & non un acquêt.

Un millier d'êtres aussi saillans répandus dans nos domaines, sur-tout s'il savoient la langue du pays, nous referoit tout à neuf avec notre imagination qui s'allume comme un volcan ;

can; ce ſeroit la huitieme merveille du monde.

A propos de merveilles j'en revis hier une dont je ſuis ſtupéfait, & qui ne charmeroit pas moins toujours tes yeux que ton eſprit. Je parle du ſuperbe monument érigé en faveur des invalides. On ne peut voir cet édifice ſans concevoir des ſentimens d'indignation contre ceux qui oſerent outrager la mémoire de Louis-le-Grand. Sa gloire eſt inſcrite ſur chaque pierre de ce lieu, & ce qu'on trouve plus admirable encore, c'eſt l'ordre qui regne dans ce vaſte & magnifique hôtel. Des milliers d'hommes y ſont raſſemblés avec autant de calme que s'il n'y en avoit qu'un ſeul. Tous ſont occupés à adorer l'Éternel, & à lui préſenter leurs cicatrices comme l'expiation de leurs fautes.

Si Tipoo-Saïb régnoit auſſi long-tems que ce Monarque immortel, ne doutons pas, mon cher, qu'il n'imitât, mais en petit, un ſi bel exemple. Un pareil édifice ſuffit pour abſoudre aux yeux de la terre & du ciel, tout Prince qui ſe ſeroit rendu coupable de quelqu'excès.

Louis XIV, au bout du compte, n'eût que les paſſions des grands hommes, l'amour & l'orgueil. Il ſe rendit trop formidable pour n'être pas calomnié. Il faut des ſiecles pour produire un Roi qui fit d'auſſi grandes choſes, & qui leur imprima le ſceau de l'immortalité.

Voilà, mon ami, ce que je lis à ſa louange dans un écrit dicté par la vérité. Que mes ſucceſſeurs en faſſent autant, pourroit-il dire à chacun d'eux, & c'eſt la plus grande marque d'amour qu'ils pourroient leur donner.

A Paris, 1788.

LETTRE LXV.

Solime à Zator.

J'ARROSOIS hier de mes larmes une carte géographique, en parcourant l'eſpace qui ſépare Paris de Meſſier, & je m'arrêtois à chaque point pour pouſſer un ſoupir. Voilà donc le trajet qu'a parcouru mon cher Zator, diſois-je en moi-même; il a été là, il a été ici. Je me rappellois les inſtans qui te virent dans ces lieux, & puis mon cœur s'abſorboit dans la douleur.

Mais cependant il vit, cependant il penſe à nous, & cette réflexion me conſoloit. J'ai vu ton premier eſclave, il m'a dit qu'il t'attendoit, il le dira long-tems. Quand on eſt auſſi loin, l'on n'arrive pas.

La douleur eſt terrible pour une femme qui n'a ni la reſſource des affaires, ni celle des voyages, & qui n'eſt diſtraite par aucun objet. Il faut qu'elle s'abîme en elle-même, & plus elle s'y enfonce, plus elle ſent ſon chagrin.

Si je ſavois au moins l'heure qui doit ſonner un jour ton arrivée, je m'amuſerois à calculer le tems, & je dirois de moment en moment, je n'ai plus que tant de minutes, tant de ſecondes à deſirer; mais j'erre dans un vague où rien ne me fixe, où rien ne me fait eſpérer.

On dit qu'il y a des moyens par l'art de la magie de voir les morts & les abſens, que pluſieurs de nos Indiens eurent jadis cet heureux ſecret. Eh! comment l'ont-ils perdu? Eh! comment ne font-ils pas tous leurs efforts pour la retrouver?

C'est la science qui seroit la plus utile, la plus capable de consoler. J'abandonnerois mille fois ce qu'on nomme la pierre philosophale pour un pareil trésor.

Ta maison semble prendre part à ta douleur, nulle musique ne pourroit l'égayer. J'erre de tous côtés, & je n'y trouverois qu'un vuide affreux, s'il n'étoit remplit par l'amour.

Cependant, comme je l'ai déjà marqué, nous voyons le même objet; cette lune qui m'éclaire au sein de la nuit, & qui t'éclaire pareillement, tu ne saurois croire comme cela me l'a rendue chere depuis ton départ.

Le fidele & laborieux Zalik s'occupe toujours de la culture des jardins; il bégaie quelques mots françois, & il en saura assez pour t'appeller monsieur, quand il te verra dans ses possessions, où il t'offrira les plus beaux fruits possibles. Il m'enchante par l'amitié qu'il a pour toi.

Que toutes les bénédictions de notre prophete se rassemblent sur ta tête, & que tes pas ne chancellent jamais dans le sentier de la vertu. Adieu. Je t'embrasse sur ton front, sur tes levres, sur tes yeux.

De Scheringapatnam dans l'Inde.

LETTRE LXVI.

Glazir.

UN inconnu se présenta il y a quelque tems chez moi, s'annonça comme ayant quelque chose de très-important à me communiquer, & finit par demander des instructions rélatives à la maniere dont nous morigenons les femmes lorsqu'elles sont mutines & rétives. J'en ai une, me dit-il, qui fait le désespoir de ma vie; elle veut exactement tout ce qui me déplaît. Il n'y a point de mode trop chere pour ses fantaisies, point de bel homme qui ne lui tourne la tête, point de domestique qu'elle puisse souffrir; & ce qu'il y a de plus cruel c'est, que je n'ose m'en plaindre, à raison de ses agrémens

& de sa beauté qui lui donne gain de cause aux yeux de tout le monde.

Son récit fut si touchant & si vif, qu'il me causa, je te l'avoue, quelque émotion. Il n'y auroit que quelques eunuques, lui repliquai-je, qui pourroient la garder ; c'est notre ressource & notre tranquillité ; mais je ne crois pas qu'il y ait un seul françois assez complaisant pour entrer dans la confrérie des eunuques. Je ne vois qu'un moyen ; c'est d'aller habiter l'Inde avec elle ; nos usages vous rendroient maître absolu de ses démarches & de ses volontés.

Mais ce remede est violent, & je vous conseillerois plutôt de faire venir tous les matins autant de marchandes de modes que vous pourrez, de lui envoyer chaque soir autant d'élégans que vous en trouverez, de changer ses domestiques autant de fois qu'elle s'en plaindra, d'aller enfin beaucoup

beaucoup plus loin dans toutes ſes fantaiſies qu'elle n'iroit elle-même. Cela s'appelle réuſſir par les contraires.

Il goûta beaucoup mon avis, il commença ſur le champ par le mettre en pratique; il eſt venu lui-même ce matin m'annoncer que ſa femme honteuſe de ce procédé, a ſenti ſa faute, qu'elle s'en corrige, qu'elle devient extrêmement douce à l'égard de ſes gens, & qu'elle rougit quand on parle de modes ou d'amans.

Comme ce ſont deux époux puiſſamment riches, j'ai engagé le mari à tourner le cœur de ſa femme du côté de la bienfaiſance. C'eſt la plus belle occupation qu'on puiſſe ſe procurer. Il m'a beaucoup remercié, m'a invité à l'aller voir, & je ne manquerai pas de profiter de ſon invitation, moins ſans doute pour lui que pour ſon épouſe. C'eſt un perſonnage à mettre dans la collection des raretés.

On a beaucoup ri de ma recette, qui paroîtra ridicule à quiconque ne connoît pas le cœur féminin. Il s'agit de piquer l'amour-propre d'une femme pour l'amener au but qu'on se propose.

Un moraliste à visage austere, ce qu'on appelle ici Moine, & chez les Turcs Derwiche, s'avisa de blâmer cette méthode, & je lui dis, je n'ai qu'une chose à vous répondre, & ce sera l'expérience qui décidera la question, il y a sûrement bien quarante femmes dans Paris semblables à celle dont nous parlons. Eh bien, prenez-en vingt, & moi vingt autres à dessein de les changer, vous emploirez tous vos discours anodins, tous vos topiques spirituels, & moi j'userai du seul moyen que j'ai conseillé, & nous verrons à la fin de l'année qui de nous deux aura mieux réussi. Je gage que vous n'aurez qu'effleuré la conversion chez quelques - unes seulement, & que j'aurai opéré la plus étrange métamorphose. Il finit par convenir, après avoir ruminé, que la chose étoit réellement très-possible, à la différence qu'une conversion opérée par ma méthode, n'auroit sûrement pas le mérite de la sienne, & je me rendis à cette vérité. Lis cette lettre à tes femmes, & cela les amusera. Pour peu qu'elles soient sinceres, elles avoueront que j'aurois réussi près du sexe, si j'avois été son directeur. Adieu.

A Paris, 1788.

LETTRE LXVII.

A Glazir.

TU n'aurois jamais cru qu'un Indien pourroit amuser une société parisienne : il ne faut jurer de rien. J'étois hier au milieu d'un cercle de vingt personnes de tout âge, & de tout état. La conversation ordinaire depuis deux mois roule sur le Parlement que tantôt on appelle, que tantôt on renvoie, à raison de ses prétentions, ou de ses droits ; car il n'appartient pas à un étranger de décider qui des ministres ou des magistrats peut avoir tort.

Chacun parloit des réformes qu'il y auroit à faire dans la justice pour empêcher les dépradations des Procureurs, espece de sang-sue qui se nourrit de la veuve & de l'orphelin. Un des Présidens du sénat qui se trouvoit des nôtres avoit un ton équivoque qui ne disoit ni oui, ni non.

Dans le doute j'élevai la voix, & après avoir demandé si la troupe de ces Procureurs étoit nombreuse, j'opinai qu'on en devoit pendre un chaque année, & lui couper la tête en les faisant tirer au sort; que s'ils étoient tous prévaricateurs, on ne risqueroit point de se tromper; que si le malheur même qui venoit à tomber sur un honnête homme, au cas qu'il y en eût, comme je le crois, cela ne serviroit qu'à faire encore plus d'impression, & à rendre les autres beaucoup plus circonspects.

Il parut à toute la société que la justice indienne ne connoissoit pas de ménagemens, & qu'elle finiroit plus promptement les procès que tous les arrêts du Conſeil. Les femmes rirent beaucoup de ma méthode qu'elles trouverent très-leſte & très-expéditive. Je les entendois qui ſe diſoient p'aiſamment, ces Indiens croient ſans doute que les têtes de Procureurs repouſſent comme celles des limaçons. On me demanda ſi nous étions auſſi prompts en amour qu'en juſtice, & je répondis que Mahomet y avoit trop bien pourvu pour que cela fût, en nous donnant une quantité de femmes qui partagent l'attachement & les devoirs matrimoniaux.

Cette converſation amena beaucoup de plaiſanteries & de bons mots. On me fit raconter des hiſtoires du pays qu'on trouva très-ſingulieres. On rit ſur-tout beaucoup de cette femme qui, chez les Indiens idolâtres, avoit promis au diable de lui donner ſa jambe droite, & qui la tiroit toujours hors du lit, dans la crainte de la profaner.

Les sociétés françoises, je parle de celles qui ne sont pas du plus haut parage, ont une aménité qui ravit. On y rit sans prétentions, on y parle de même, & ce qui m'en plaît, c'est que le cœur y est pour beaucoup; mais on y trouve presque toujours un personnage important qui a l'air de prendre sur son compte toutes les impertinences, & qui se fait gloire d'avoir cette commission. Il croise les jambes, il s'assied, il baille, il jette des regards dédaigneux, il ne répond pas, & s'il se leve c'est pour prendre l'octave, pour juger de ce qu'il ne sait pas, pour prononcer en dernier ressort.

Quand serons-nous tête-à-tête! quel heureux moment pour parler de ces bizarreries, & pour nous en amuser!

À Paris, 1788.

LETTRE LXVIII.

A Glazir.

Coudoïé, meurtri, brisé, tel je suis depuis quinze jours que perdu dans la foule, j'eus toute la peine du monde à m'en retirer. C'étoit dans un édifice qu'on appelle ici Panthéon, & qui ne ressemble pas plus à ce temple des faux dieux qu'on voit encore à Rome, que le myrthe au cedre, que l'hysope à l'ormeau.

Je crus que tous mes membres alloient se disloquer, il falloit disputer sa vie pour en sortir; & pour voir qui? une fille nouvellement arrivée, & vêtue à la chinoise. Pour rendre la chose plus merveilleuse, on la disoit de Pekin; d'où l'on ne sort point, & quelques jours après du Piémont. Ces ſortes d'aventures ſont aſſez fréquentes dans ce pays. Il ſuffit d'y prendre un coſtume étranger, de ſe faire un jargon inintelligible pour en impoſer à la multitude. L'Académie elle-même fut dupe, il y a quelque tems, d'un jeune bas Breton qui feignoit de ne pas parler, & qu'elle crut être des régions les plus barbares, parce qu'on l'avoit trouvé ſur les côtes.

Les Italiens ſe déſeſperent, quand on leur dit qu'on oſe donner aux plus freles édifices les noms de *Panthéon*, de *Coliſée*. Que n'auroient pas dit les Romains? ils en ſeroient morts de douleur.

Pour moi qui ſuis Indien, & qui n'ai rien vu d'auſſi beau, j'admire & me tais. J'entrai même l'autre jour dans une eſpece de fureur, parce qu'un Architecte Allemand me ſoutenoit qu'il y avoit trop de gentilleſſes dans la ſculpture du nouveau temple dédié à la Patronne de Paris; car les catholiques, comme tu ſais, mettent toutes leurs égliſes ſous l'invocation des ſaints qu'ils implorent.

Il eſt vrai qu'un Indien qui ne connoîtroit les nations que par leur génie, & qui, par un enchantement, ſe trouveroit tranſporté tout-à-coup au milieu de l'édifice dont je parle, devineroit à ſon élégance que c'eſt un ouvrage des François. Mais en eſt-il moins eſtimable, parce que ſon Architecture annonce une délicateſſe exquiſe, & que les pierres ſemblent avoir été brodées?

Il en eſt de même d'un bâtiment deſtiné à receler les farines & les grains. Son immenſe coupole de verre exigeroit une autre deſtination; celle, par exemple, d'une bibliotheque à l'uſage des diverſes nations, & où il n'y auroit que des livres étrangers.

Deux Miniſtres de la loi chrétienne

curieux d'aborder un étranger qui examinoit en détail les beautés du temple dont je viens de parler, me dirent : c'eſt ici le dépôt le plus précieux de la ville de Paris ; la cendre vénérable d'une Vierge extraordinaire par ſes vertus, & devant laquelle nos Monarques mêmes viennent ſe proſterner. Elle eſt bien vengée des railleries d'un poëte qui oſa tourner en dériſion ſon culte & ſes autels. Son tombeau eſt abſolument inconnu, pendant qu'on vient tous les jours de toutes parts viſiter celui de Genevieve, & qu'on ne ceſſe de l'invoquer.

J'inclinai la tête, ayant toujours eu pour maxime de reſpecter toutes les religions, & de voir Dieu lui-même dans les grandes ames qu'il a préſervée du menſonge & de la corruption.

Il s'en faut bien que les chrétiens

ſoient auſſi zélés pour leur religion, que nous le ſommes pour la nôtre. Je leur entends dire des choſes ſur cet article que je n'oſerois pas te rapporter ; elles te paroîtroient d'autant plus incroyables, qu'il n'y a point d'abſurdité comparable à celle de tourner en dériſion un culte qu'on profeſſe.

On ne voit que trop ſouvent ici des gens qui bravent les loix que l'égliſe impoſe, qui ne donnent aucun ſigne de chrétien, qui font venir un miniſtre à la hâte pour en recevoir une bénédiction lorſqu'ils ſe meurent, & qui croient qu'avec cela l'on va droit au ciel.

J'ai voulu voir comment ceux qui vont dans leurs temples s'y comportent.

Une femme qualifiée s'y préſente ſuivie de deux laquais, dont l'un lui apporte une chaiſe, l'autre lui préſente un livre ; elle l'ouvre, elle le ferme, remue les levres d'une maniere incroyable, salue ceux-ci, parle à celles-là, fait une révérence, & voilà la messe dite, jusqu'au dimanche suivant qu'on recommencera le même manege ; & ce qu'il y a de plaisant, c'est qu'avec ces grimaces on passe pour avoir de la piété.

Ce ne sont pas là, mon cher Glazir, nos prieres, nos jeûnes, nos ablutions. Que diroient-ils s'ils voyoient nos carêmes où l'on ne mange qu'au moment où paroissent les étoiles, s'ils voyoient nos assiduités à la mosquée? Cependant ceux-là se sauvent, disent-ils, & nous sommes les damnés. Adieu.

A Paris, 1788.

LETTRE LXIX.

A Glazir.

TROIS sœurs très-riches, très-belles, très-qualifiées, prennent la résolution de vivre toujours ensemble, de ne jamais s'établir. Les Ducs se présentent, on les refuse; les Gouverneurs de province se mettent sur les rangs, on ne veut pas en entendre parler. Un Prince avec tous les avantages de la figure, de la fortune, de la jeunesse, du crédit, tombe éperduement amoureux de l'aînée; il soupire, il écrit, il languit, tout est inutile; point de réponse.

Des financiers millionnaires se flattent de remporter la victoire sur les plus grands seigneurs; ils s'intriguent, ils font parler, rien ne fait impression.

Sans doute, ſe dit-on réciproquement, il y a des engagemens, le cœur eſt pris, & l'on ne peut s'en dédire; rien de tout-cela. Eh! quoi donc ? nos demoiſelles ſi hautaines, ſi difficiles, ſi déterminées en apparence à vivre dans le célibat, à jamais ne ſe ſéparer, vont à l'école militaire, demandent quels ſont les plus pauvres, les épouſent, & font trois heureux. Choſe d'autant plus merveilleuſe, que ce ne fut ni la figure, ni l'élégance qui les déciderent. On me les a fait voir, & je les admire. Le ſexe eſt capable des plus grandes choſes, quand il a le pouvoir de les faire, mais il peut rarement. Ici c'eſt l'autorité d'un pere, là le pouvoir d'un mari. Auſſi dit-on ici qu'il n'y a point d'état comparable à celui d'une veuve jeune, riche & jolie; mais on ne lui donne pas le tems de goûter ſon état, on l'importune, on la ſuit, on lui fait parler : il n'y a pas jusqu'aux moines qu'on met en jeu pour s'assurer du succès.

Les jeunes gens qui se trouvent ruinés dès l'âge de vingt-cinq ans, n'ont pas d'autre perspective. Plusieurs viennent à Paris à dessein d'épouser, eh qui? ils n'en savent rien. On paie des entremetteuses qui courent tous les quartiers, à dessein de fabriquer un mariage; elles ont souverainement l'art de mentir. Il y en eut une qui fut dernierement proposer un de ces jeunes messieurs à une Comtesse qu'elle croyoit veuve. Elle fut toute étonnée quand la Comtesse, après avoir entendu son long narré, sonne, & dit à son premier laquais d'aller avertir M. le Comte pour qu'il descende tout-à-l'heure, afin que je sache de lui s'il veut que je prenne un second mari.

Il descend, il s'amuse de la scene, & l'entremetteuse confondue en est pour sa honte. On recommanda aux

gens

gens de la laisser sortir par la porte.

Cette singuliere méprise a fait l'amusement de Paris, mais pour quelques instans. Il y a tant d'aventures qui se succedent, & qui très-souvent se croisent, que l'une fait oublier l'autre ; de sorte que les plus grands événemens ne laissent après eux qu'un léger souvenir.

Tu vois, par la continuité de ma correspondance, que je sais trouver l'Inde au milieu de Paris, & que tout ce qui l'habite, tout ce qui s'y rapporte, ne sort ni de mon esprit, ni de mon cœur.

A Paris, 1788.

LETTRE LXX.

Plik à Zator.

J'AI voulu voir le siége du mahométisme, & depuis neuf mois j'habite Constantinople, toujours exposé aux malheurs du pays; car ce n'est pas ici la terre promise, & l'on doit s'attendre, lorsqu'on y arrive, à l'incendie, à la peste, enfin à toutes les calamités, sans excepter l'empalement même ou le cordon.

Ce sont les quatre spectacles, il faut en convenir, qui ne sont pas aussi gracieux que ceux dont tu peux jouir. Aussi dois-je te féliciter, pendant que tu dois me plaindre.

J'ai appris singulierement ton arrivée dans Paris. Il t'est venu là une bonne pensée; c'est l'influence de notre prophete sur ton ame vertueuse.

Nous n'avions pas assez de deux fléaux dans ce déplorable lieu. Joseph II descend de son palais, & par une alliance extraordinaire avec Catherine, il s'avance vers les Turcs dans tout l'appareil de la terreur. Le coup part des bords du Danube, tous les pays en sont épouvantés, & la commotion se fait sentir jusques dans le sérail. Le Sultan s'éveille, il arme le Visir, il l'envoie pour opposer la force à la force, & des troupes formidables portent de toutes parts la foudre & la mort.

On se provoque par des petits combats qui harcelent les troupes, qui les consument, & qui, en retardant une action définitive, lassent la patience des Officiers, épuisent les trésors, & réduisent les pays à manquer de provisions.

Catherine s'étant avancée dans la

Crimée avec un faste qui l'annonçoit comme la souveraine future de la Turquie, fait disparoître l'indigence, étale le luxe ; on brûloit des maisons qu'on payoit à prix d'or, pour servir de fanaux pendant la nuit ; on ouvroit des routes à travers des glaces, & des rochers ; on préparoit enfin, au milieu des fêtes, des combats, tant sur terre que sur mer ; de sorte que la scene changea tout-à-coup, & qu'il ne fut plus question que des plus terribles hostilités. J'en ai lu les détails en frémissant.

Tu ne te serois jamais imaginé que Belgrade & Choczin, seroient une aussi rigoureuse résistance ; mais les Turcs d'aujourd'hui ne sont pas ceux que l'immortel Sobieski défit avec tant de facilité sous les murs de Vienne en 1683. Ce sont leurs descendans formés par des Ingénieurs François, & qui connoissent leurs forces, ne craignent pas de les essayer, c'est-à-dire, qu'ils se défendent avec la persuasion qu'on leur cherche une querelle d'Allemand, à dessein d'envahir leur trône, & de partager leurs Etats comme ceux de la Pologne.

La Suede enfin prend parti contre la Russie, prête à rappeller l'intrépidité de Charles XII. La Prusse accoutumée aux triomphes laisse entrevoir des desseins; & il n'y a que l'infortunée Pologne bloquée par des Puissances étrangeres, sous le regne d'un Roi qui n'agit que par les Russes, qui se voit captive malgré son courage & ses desirs. Tel est, mon cher Zator, le tableau qui se présente à la vue, sans qu'on puisse encore tirer l'horoscope de ces funestes événemens.

Les uns parient pour les Turcs, les autres pour leurs ennemis, c'est-à-dire, que ce ſont autant de haſards dont le diable lui-même ne pourroit tirer l'horoſcope.

Les ſérails ſont ici dans le plus grand déſordre ; les eunuques y ſont tyranniques, les femmes furibondes; elles ſe battent, elles ſe déſolent, & prouvent qu'il n'y a rien de plus violent que le ſexe agité par les convulſions de l'amour, lorſqu'il ne peut ſatisfaire ſa paſſion, & qu'il ſe voit renfermé.

Toutes ces cataſtrophes ſont étrangeres à Paris, où les femmes, d'après ce qu'on m'en a rapporté, ſavent enchaîner leurs amans & encore mieux leurs maris. Je voudrois voir une ſinguliere métamorphoſe, nos Indiens troquer leurs coſtumes & leurs mœurs avec les François. Il y en auroit ſûrement plus d'un que la force de l'habitude & du préjugé rendroit mécontens, malgré tous les charmes de la vie libre & délicieuse qu'on mene à Paris.

Pour moi je sais, & je crois que tu penses de même, que je préfere notre franchise à la civilité parisienne, notre maniere de vivre à celle de tous les Européens, & qu'il n'y a de vrai plaisir pour moi que d'être au sein de ma patrie. Les jouissances que je puis avoir en voyageant, ne sont que pour faire diversion, & pour quelque tems.

Tu me reconnois à ces traits ; ce fut toujours mon systême. Adieu.

A Constantinople, 1788.

LETTRE LXXI.

A Glazïr.

LA plaiſante choſe qu'un parloir de *Moineſſes*, qu'on nomme Religieuſes. On avoit ſatisfait leur premiere curioſité en leur donnant une idée de mon pays, de ma perſonne, de mon coſtume & de mon voyage; mais ce n'étoit pas aſſez pour un couvent, il falloit que j'y paruſſe en chair & en os pour calmer l'inquiétude des eſprits, & pour fournir une ample pâture à la converſation.

J'arrive avec une dame qui me ſervoit d'introductrice. Auſſitôt on ſonne, & dans le moment même je vois trente Vierges, les unes jeunes, les autres caduques, qui toutes m'interrogent avant de m'avoir ſeulement regardé.

Comment,

Comment, il eſt de ſix mille lieues, diſoit la mere dépoſitaire ; mais c'eſt bien pire, répondit une des ſœurs, car il eſt Indien. Mille queſtions des plus ſingulieres me furent faites avec une rapidité ſurprenante. On alla juſqu'à me demander ſi l'on donnoit du pain béni dans nos moſquées, ſi nous alaitions les enfans comme on les nourrit ici. La Supérieure commençoit à parler ſeule, à raiſon du reſpect qui lui eſt dû ; mais elle ne pouvoit pas finir la phraſe, tant on avoit de peine à ſe contenir.

Les portieres curieuſes de voir comme les autres ne ceſſoient d'ouvrir une porte & de la fermer ; elles allongeoient leur menton pour ſe dire à l'oreille : « bon Dieu qu'il eſt laid avec ſon viſage plombé ! Pourquoi n'eſt-il pas né à Paris ? c'étoit bien plus ſimple, & cela vaudroit mieux ». Ah ! ma ſœur, dites plutôt, pourquoi n'eſt-il pas chrétien? mais je ſerois d'avis qu'on le fit baptiſer, & s'il ne veut pas, ah! ma mere, Dieu le voudra pour lui.

Et ce Mahomet, diſoit une vieille qui n'avoit plus de dents, qu'en voulez-vous faire? j'ai lu la moitié de ſon Alcoran, telle que vous me voyez.

Je démêlai néanmoins à travers tous ces propos, qu'il y avoit des filles d'eſprit, & qui avoient l'air de ſouffrir de toutes ces queſtions.

On finit par me ſervir des rafraîchiſſemens. Les fruits que je goûtai n'en furent pas moins délicieux, & quand j'euſſe abjuré le mahométiſme, on ne m'en eût pas donné de meilleurs.

On voulut voir des caracteres Arabiques, & j'en envoyai chercher. On trouvoit à mon domeſtique un air tout-à-fait étranger; on proteſta qu'à ſa ſeule inſpection, on l'auroit deviné, & nota que celui-là eſt François, mais chut, il étoit du devoir de ne pas contrarier.

Je me leve, & j'allois ſortir quand on voulut m'examiner de la tête aux pieds. Il y avoit de gros ſoupirs de ce qu'on n'avoit point vu nos Ambaſſadeurs. Elles tenoient en main un journal de tout ce qu'ils avoient dit & fait; elles étoient ſur-tout extrêmement ſenſibles à la maniere dont un d'entre eux avoit ſauvé la vie d'un oiſeau qu'on étoit au moment d'étouffer ſous la machine pneumatique.

Les couvens de religieuſes ſont ici très-multipliés; elles gardent le ſilence, & elles parlent de tout; elles ſont renfermées, & elles ſavent tout; on les charge d'élever la jeuneſſe, & elles s'en acquittent bien. Leurs minuties viennent moins de leur eſprit que de leur regle qui les aſſujettit à de petites pratiques qu'on a cru néceſſaires pour ſupporter la monotonie du cloître, & la privation du monde.

On les plaint, & leur ſort eſt bien doux en comparaiſon des veſtales, elles qui étoient obligées d'entretenir un feu ſacré, & qu'on brûloit vives lorſqu'elles venoient à y manquer

On raconta une hiſtoire divertiſſante qu'on dit être arrivée chez les religieuſes dont je viens de parler. Dans le tems où ces ballons volans parcouroient les airs, il y en eut un rempli de quatre militaires qui tomba dans leur enclos. A l'aſpect de l'énorme machine on ſonne le tocſin, on ſe met en prieres, & c'eſt à qui n'en approchera pas. Les quatre voyageurs qui s'étoient bleſſés, paſſerent pour des démons; & pour qu'on les ſecourût, il fallut toute la logique d'une bonne ſœur converſe dont on recueillit l'avis. Elle prouva que les diables habitant des ſouterrains, il n'y avoit que de bons anges qui pouvoient deſcendre du ciel : en conſéquence on les hébergea ſans craindre le mélange des deux ſexes, parce qu'on les prit pour des êtres céleſtes.

Si je puis me procurer une pareille voiture pour mon retour, ſois bien aſſuré que je ne la manquerai pas. Adieu, je t'embraſſe autant de fois que tu penſes à moi dans la journée.

A Paris, 1788.

LETTRE LXXII.

A Glazir.

IL y a peu d'Auteurs, malgré leur étonnante multitude, qui travaillent ici pour la postérité ; ils pensent qu'un jour de vie vaut beaucoup mieux que mille ans dans l'histoire, & sans étendre plus loin leurs vues, ils jouissent en liberté.

Au reste ont-ils si grand tort, me disoit à ce sujet un homme sensé ? Outre que la renommée est une chose incertaine, la postérité n'est pas toujours impartiale ; il suffit qu'un homme se rende maître de son siecle pour faire répéter à nos descendans, comme un jugement infaillible, ce qu'il aura dit, & souvent cet homme n'aura parlé que d'après la prévention. Les éloges qu'on prodigue aux Romains ne sont-ils pas outrés ?

Il est incontestable, m'ajouta-t-il, que les siecles se transmettent leurs préjugés, & que l'histoire, l'écho de la postérité, n'est que trop souvent en défaut, quand il s'agit de distribuer des réputations. Il y a des hommes que nous révérons comme des héros, & qui ne furent que des intrigans ; d'autres pour qui nous avons peu d'estime, & dont la gloire ne devoit jamais être obscurcie.

Mais on a dit que la postérité étoit un juge infaillible, & on le répétera jusqu'à la fin des âges, comme si l'on pouvoit ignorer que des considérations humaines arrêtent la plume des Écrivains, long-tems même après la mort de ceux dont ils parlent. Il y a des parens qu'on veut ménager, des gens en place qu'on doit craindre, autant d'entraves qui arrêtent la postérité.

Je trouvai ces réflexions judicieuses, elles le sont en effet. Peut-être est-ce une raison qui rend tant de personnes insouciantes sur l'article de la réputation. Il me paroît qu'on n'eut jamais plus d'orgueil, & moins d'amour pour la gloire. La fortune a renversé les autels de celle-ci. Peu d'hommes y vont porter leur offrande. Dans le militaire même, il n'y a plus la même ardeur qu'autrefois. On desiroit jadis la guerre, maintenant on la redoute; si c'étoit par amour pour l'humanité, rien de mieux sans doute, mais c'est par amour pour soi-même.

L'égoïsme qu'heureusement nous ne connoissons point encore, & qu'on nous apportera sans doute au premier jour comme une mode nouvelle, détruit insensiblement tous les principes de l'honneur. On voit ici des gens tarés dans les meilleures maisons, & ce sont eux qui, pour l'ordinaire, élevent la voix. J'ai quatre grands dîners par semaine, disoit une femme opulente, qui recevoit tout Paris, trois pour des personnes distinguées, soit par leur naissance, soit par leur rang, & le quatrieme pour les coquins : c'est même le jour où l'on s'amuse mieux.

Tu serois sans doute effrayé de ce langage, & l'on riroit de ta simplicité. *Vice*, *vertu*, ces deux mots deviendront bientôt synonimes, & l'auteur qui prétend qu'il n'y en a point dans les langues, se trouvera confondu. Adieu, salue mes amis.

A Paris, 1788.

LETTRE LXXXIII.

A Glazir.

ON me proposa la semaine derniere d'aller à une séance de l'Académie Françoise ; c'étoit un jour de reception. Quarante personnages pris dans différentes conditions composent cette fameuse assemblée ; l'esprit seul est la clef qui doit en ouvrir la porte, mais quelquefois l'on s'y glisse à l'aide d'un passe-par-tout.

J'attendois le moment d'y entrer, pressé par l'un, poussé par l'autre, car la foule étoit grande, lorsqu'un auteur qui m'étoit connu, me dit avec ingénuité : je ne suis ici que pour parler à quelqu'un qui va passer. Quoique j'aie donné plusieurs ouvrages au public, j'ai trop peur des esprits pour oser pénétrer dans ces lieux. Il n'y a personne qui ne soit effrayé des mots qu'on y va prononcer, ils seront inintelligibles pour la plupart.... Comment, lui repondis-je avec surprise, vous parlez ainsi de vos plus grands génies, de vos illustres coriphées?

Chargés par état du soin de conserver le bon goût, & de donner à la langue tout l'éclat possible; voilà du moins comme on me les a dépeint. Ce sont, me répliqua-t-il, des gens qui les élevent beaucoup au-dessus de leur sphere. Ils ne furent institués que pour s'occuper des mots; aussi sont-ils verbeux & inaccessibles au vulgaire par des paroles & des phrases qu'il faut étudier avant de les comprendre.

On peut appeller ce lieu où ils s'assemblent, la salle des complimens. Les deux tiers au moins de ce qu'ils vont dire se perdront en éloges, autrement en mensonges. On va louer les morts, on va louer les vivans; mais ce qui t'amusera, c'est que pour être des leur, il faut mendier cette grace, & aller de porte en porte dire qu'on a de l'esprit.

J'assistai à la séance, & je m'apperçus que le portrait avoit été chargé par celui qui en avoit fait la satyre. On y lut des morceaux d'une belle éloquence pour ce pays-ci, mais qui paroîtroient bien médiocres dans le nôtre. On a beau dire, il n'y a que le langage Oriental qui soit vraiment énergique & sublime.

Notre éloquence est un feu bouillonnant dont rien n'approche. Quand on le connoît, on ne trouve que des ames froides dans les écrits des auteurs Européens; quelqu'éloge qu'on en fasse, ils ont toujours l'air d'avoir étudié ce qu'ils disent, & cette maniere qui se ressent de la contrainte, les empêche de prendre un essor audacieux. Chez eux c'est un sentier qui communique à d'autres, une fleur dont on trouve la pareille, une lumiere qui brille sans donner de la chaleur. Chez nous, au contraire, c'est la voix de la nature, le bruit des tempêtes, le mugissement des mers.

Je dirai, par exemple, que l'ame de Milton avoit voyagé dans l'Asie, comme celle d'Young, & que parmi les auteurs modernes, il n'y a que ces deux êtres qui soient en rapport avec les Indiens.

Nous créons, nous ne peignons pas quand nous sommes animés, laissant loin de nous toutes ces figures que les Rhéteurs appellent à leur secours, & que nous tâchons d'oublier toutes les fois que nous composons.

Ici, dis-je, à deux Académiciens

qui parurent prendre plaisir à m'écouter : vous allumez votre esprit à des feux follets qui ne brillent qu'un moment, tandis que nous alimentons notre génie de tout ce qu'il y a de plus ardent dans les spheres célestes. Nos Poëtes & nos orateurs vont prendre leur plan dans les cieux mêmes, & ils n'en descendent pas; sachez que l'art de se soutenir est le savoir par excellence. Nous tâchons de faire un second univers, une seconde nature par la grandeur de nos idées, & par la véhémence de nos expressions.

Le luxe Asiatique contribue beaucoup à notre genre d'éloquence; nous faisons, pour ainsi dire, passer dans nos écrits ces perles, ces pierres précieuses, enfin cet or que nous avons en abondance.

L'esprit en Europe est tellement chargé de préceptes, qu'il s'épuise avant d'avoir rien écrit. D'ailleurs ce ſont autant d'entraves. Si un mot nous échappe dans le feu de la compoſition, ou ſi l'on manque à la langue, on la crée, plutôt que de demeurer en reſte avec ſon ame; on le fait ſans s'arrêter, qu'au point même où l'Éternel a mis la ligne de démarcation entre ſa toute-puiſſance, & notre humiliante foibleſſe.

Le ciel, leur dis-je en finiſſant, eſt le dais du vrai Philoſophe & du grand Orateur. On ne travaille avec force, que lorſqu'on a ſenti ſa forte influence.

Mais n'eſt-il point à craindre, me répliqua-t-on, qu'en ſe bourſoufflant de la ſorte on ne devienne giganteſque? & n'eſt-il pas plus ſage pour éviter cet inconvénient de s'aſtreindre à des regles?

Je combattis cette opinion, & je

leur dis avec force : ce ſont vos préceptes mêmes qui étouffent le génie. J'ai lu vos plus excellens orateurs, & votre Fléchier qui ne ſait qu'enchaſſer des figures par compartimens ; on voit qu'il les appelle toutes ſucceſſivement dans ſes ouvrages, & qu'elles ne viennent point librement à ſa voix, mais qu'elles n'arrivent qu'en ſe traînant.

Votre Boſſuet plus indépendant, s'éleve davantage ; mais après quelques élans qui le tirent de la route ordinaire, il y rentre comme s'il avoit regret d'avoir pris un vol trop hardi.

J'ajoutai qu'un bon orateur dans les Indes ne liſoit que lui-même, & la riche nature expoſée ſous ſes regards, dans la crainte que des lectures étrangeres ne vinſſent à le dépouiller de ſes propres idées, & à ne le rendre qu'un ſervile copiſte.

Mes

Mes deux hommes n'applaudirent pas à tout ce que je disois ; mais je leur causai de l'étonnement ; ils ne pensoient pas qu'il y eût tant de nerf & tant d'élévation dans l'Asie.

Je les aurois bien plus frappé, s'ils avoient entendu notre langue. Je me rappelle combien tu savois l'employer richement dans ta jeunesse. Je voudrois pour toute chose au monde, que les Académiciens de Paris eussent pu comprendre les poésies d'un de nos Ambassadeurs. Les pensées leur auroient paru des jets de feu, & les expressions des torrens d'or liquéfié.

Je conviens néanmoins que l'éloquence doit ressembler aux personnes qui l'emploient, & que pour l'ordinaire elle s'adapte au caractere comme au climat : alors elle doit être bien plus douce à Paris qu'à Goa, mais il arrive souvent que l'éloquence est vicieuſe, parce qu'on l'emploie au détriment de la vérité. Nous penſons avec juſteſſe qu'il n'y a réellement d'éloquent que ce qui eſt vrai. Je te dirai néanmoins, avant de finir, qu'on m'a procuré la lecture d'un poëme intitulé : *la Nature ſauvage*, dont M. le Chevalier d'Houdan des Landes, Capitaine au régiment de Bretagne, eſt auteur ; & qu'on y trouve toute la verve orientale, de maniere que tu en ferois ravi. Adieu.

A Paris, 1788.

LETTRE LXXIV.

A Glazir.

IL faut voir la nation Françoiſe dans ſes propres foyers pour bien la connoître ; ſes différens individus qui paſſent chez l'étranger, ne ſont point ce qu'elle eſt. Elle n'a rien de commun avec la pétulance & la vanité, qu'on ne leur reproche que trop souvent.

Depuis que j'exiſte à Paris, j'obſerve avec la plus ſcrupuleuſe attention, & je n'y trouve d'autre défaut que la légereté; encore eſt-elle modifiée de façon qu'elle paroît agréable, la haine n'y ſubſiſte pas long-tems, ou l'on ſe réconcilie, ou l'on ſe bat à l'épée, c'eſt l'affaire du moment. Les libelles qu'on croiroit produits par la fureur, y ſont plutôt l'ouvrage de l'eſprit que de la méchanceté ; on cherche à s'amuſer aux dépens du prochain, ſans avoir envie de le bleſſer.

Que vous a donc fait un tel perſonnage, diſois-je l'autre jour à deux auteurs qui le dénigroient dans un imprimé ? pas la moindre choſe, répondirent-ils; nous ne le connoiſſons même pas, mais il prête à la ſatyre, & nous l'avons ſaiſi comme un modele propre à nous égayer.

J'errois l'autre jour dans les Tuileries, ce ſuperbe jardin dont les François t'ont ſi ſouvent parlé, lorſqu'un vieillard vénérable m'aborda. L'on ſe parle ici dès la premiere entrevue, comme ſi l'on s'étoit toujours connu.

Après un préambule ſur mon origine & ſur mon pays, il me dit : regardez bien ce ciel, & vous ſaurez qui nous ſommes; il eſt aujourd'hui ſombre, pluvieux, lucide, venteux, c'eſt-à-dire, le parfait emblême de notre eſprit & de nos mœurs. Comme lui nous varions ſans ceſſe, & qui veut ſavoir notre maniere d'être, n'a qu'à fixer le tems.

Tant de perſonnes que vous voyez éparſes dans ce lieu, ſont, en général, une collection de petits riens; cela babille, cela geſticule, & voilà tout, mais cela n'eſt pas méchant. Il y a même à travers ces jolis colifichets des ſages, des ſavans, des penſeurs qui viennent ſe diſtraire des grands objets, & ſe rapetiſſer avec la multitude.

Ce groupe, ajouta-t-il, étoit, il y a quelques années, bien plus agréable à la vue. Les femmes, par la variété des étoffes, formoient un parterre émaillé de toutes couleurs; maintenant elles n'ont que de la toile pour parure, & l'on ne diſtingue pas la femme de qualité de sa soubrette.

Ces arbres que vous voyez sont heureusement silencieux. Pour peu qu'ils eussent la faculté de parler, & qu'ils en fissent usage, ce jardin deviendroit un désert ; l'un craindroit qu'ils ne vinssent à dévoiler son indigence, en disant qu'ils l'ont vu plus d'une fois passer l'heure du dîner sous leur feuillage ; l'autre croiroit entendre l'histoire de ses intrigues ourdies à la faveur de leur ombre.

Il me raconta que l'homme le plus habile dans la partie des jardins avoit dessiné celui-ci, & qu'il ne seroit parfait que lorsqu'on y feroit une colonade où l'on pût se réfugier pendant la pluie.

Il gémit de ce qu'on abandonnoit un lieu si magnifique, pour se rendre en foule dans un petit réduit où l'on ne respire pas, tant on est pressé.

Nous nous séparâmes ; on se quitte

ici comme on ſe prend, & j'allai m'aſſeoir ſur une chaiſe qu'une femme vint me faire payer ſur le champ.

Ici l'on paie à chaque inſtant, juſques dans les temples mêmes. Une femme ſe plaignoit l'autre ſoir de ce qu'il lui en avoit coûté un écu dans ſa journée, pour avoir payé des chaiſes à l'égliſe pour elle & ſes enfans.

Nous ne connoiſſons point ce monopole dans nos moſquées. Si nous ſommes barbares, comme il y en a qui le croient, ah! du moins dans notre barbarie avons-nous des uſages plus raiſonnables que les nations policées.

A Paris, 1788.

LETTRE LXXV.

A Solime.

MON cœur ſemble ſe détacher de moi-même pour aller te trouver, pour te dire de cette voix ſecrete, l'effuſion d'une ame vivement attendrie, que Paris avec tous ſes enchantemens, n'a rien qui puiſſe me faire oublier tes vertus & tes charmes. Les nuits ſemblent plus brillantes à mes yeux que le ſoleil même du midi, lorſque mon eſprit te voit en rêve. Alors je crois t'entendre, & les tréſors de l'Inde n'ont rien d'auſſi conſolant. Tu peux me comparer à la tourterelle qui ne vit que dans ſa compagne, & qui éprouve à tout inſtant les rigueurs de la mort, lorſqu'elle en eſt privée.

Rends-toi

Rends-toi ſous cet arbre délicieux où nous nous jurâmes une fidélité inviolable, ayant toutes les étoiles pour témoin. Comme elles étoient belles dans cet heureux moment! elles me parloient, & leur langage me répétoit mes ſermens.

Ne crois point à mon abſence, c'eſt une illuſion qui t'abuſe. Je ne fus jamais plus près de toi que depuis mon départ; mes idées, mes projets, mes deſirs, enfin moi-même, tout ſe confond dans ta perſonne, & il n'y a ni éloignement, ni ſéparation.

Que la flamboyante étoile du matin ſoit auprès de toi la meſſagere de mon cœur, & que ce doux parfum des fleurs qui s'exhale aux premiers rayons du ſoleil, aille ſaluer ton odorat. Adieu.

A Paris, 1788.

LETTRE LXXVI.

A Glazir.

LA modeſtie, aux yeux de bien des perſonnes, n'eſt plus qu'une vertu rembrunie, qui ne s'accorde ni avec l'éclat des talens ni avec celui de l'eſprit. On rougiſſoit autrefois d'un mot d'éloge, aujourd'hui l'on eſt le panégyriſte de ſoi-même ſans aucune pudeur.

Je dinois à Neuilly, village près Paris, & là je fus tout étonné d'entendre un jeune prédicateur qui diſoit à tous les convives, venez m'entendre dimanche prochain; je donnerai un diſcours qui vous charmera. Il n'y a pas long-tems, ajouta-t-il, que je fis la plus grande ſenſation. Il eſt vrai que j'avois déployé la plus forte éloquence, & qu'on ne pouvoit rien entendre de plus beau.

Et cet homme-là parle de lui-même, dis-je, à une femme aimable qui ſe trouv[illegible] à mes côtés. Oui, de lui-même, répliqua-t-elle ; il eſt maintenant du bel air de ſe vanter à l'excès. Un Poëte vous dit qu'il a fait de jolis vers ; un Auteur vous invite à lire ſon ouvrage, comme le chef-d'œuvre de l'eſprit humain. C'eſt reçu dans les meilleures compagnies.

On me montra quelques jours après un fat aſſez follement orgueilleux pour avoir compoſé lui-même une épître dédicatoire en ſon honneur, & pour ſe la faire adreſſer. Ces ſortes d'épîtres commencent à tomber, depuis qu'on ne les paie plus. Tant mieux pour les lecteurs, qui ne pouvoient autrefois ouvrir un livre, ſans y voir en gros caractere des menſnoges ſoudoyés.

On ne parloit autrefois que des cabales des gens de cour ; les gens de lettres ne les connoiſſoient pas : aujourd'hui c'eſt leur élément. L'on cabale pour avoir des auditeurs ; l'on cabale pour pour avoir des éloges, & voilà comme s'accréditent preſque toutes les réputations. Ce qui fait dire à une femme aimable, que je connois, & qui a une très-bonne réputation, que c'eſt aujourd'hui ſi peu de choſe qu'elle vendroit volontiers la ſienne ſi on vouloit l'acheter.

A Paris, 1788.

LETTRE LXXVII.

A Glazir.

S'IL m'étoit possible d'oublier l'Inde, ce pays qui me vit naître, cette contrée précieuse qui sera toujours chere à mon cœur, ce seroit dans ce moment où, transporté dans le lieu le plus délicieux, je vois la nature & l'art se disputer l'empire.

On diroit qu'on a loué notre ciel, notre climat, pour rendre la fête plus complette, & pour nous faire jouir du jour le plus serein qu'on ait jamais vu sur les bords de la seine.

Ce fleuve va, revient, se partage, se réunit; & donnant, par ses eaux argentées, l'éclat le plus ravissant à des prairies émaillées de fleurs & couvertes de troupeaux, multiplie par mille agrémens divers, la beauté de ce séjour enchanté.

Je m'échappe à la compagnie, & seul avec la nature, je me confine dans le bosquet le plus odorant, pour te tracer en silence les expressions de mon cœur.

Que ne puis-je faire passer dans ma lettre tous les charmes que les objets les plus séduisans offrent à ma vue. Moyennant le reflet d'une infinité de fleurs, dont la varieté se mêle avec les rayons du soleil, on apperçoit de toutes parts des tapis de saphirs, d'émeraudes & de rubis.

Mon ame, incertaine où elle ira se se fixer, s'abandonne mollement à la délicieuse jouissance de ces plaisirs champêtres, & ma mémoire, de concert avec mon imagination, te place à mes côtés.

Les arbres dont je me vois entouré te désirent & t'appellent, & le gazouillement des oiseaux, comme le murmure des ondes, me semblent prononcer ton nom.

Si les zéphirs obéissent à mes souhaits, ils iront te rapporter tout ce qui se passe actuellement dans mon cœur; ils iront t'instruire du partage qu'il éprouve dans la douleur de ton absence qui l'a pénétré, & dans la jouissance de ce beau lieu qui l'enchante.

Il fut jadis possédé, ce lieu ravissant, par la femme la plus belle & la plus malheureuse de l'univers. A travers mille charmes séduisans qui lui procurerent des adorateurs en tout genre, elle s'attacha celui qui lui convenoit le moins du côté de la naissance, mais un homme étonnant pour le mérite & pour l'esprit.

Ce fut entr'eux la plus parfaite union. L'époque de leur mariage devint celle de leur fécilité; ils l'exprimerent par des chiffres & par des emblêmes qu'on trouve ici dans les grottes, dans les labyrinthes, dans les bosquets, & presque sur tous les arbres que l'amour avoit planté.

Ils savoient se multiplier par leurs graces & par les talens, de maniere qu'ils n'avoient besoin que d'eux-mêmes pour se suffire & pour être heureux. Ce bonheur trop beau pour être durable, par la raison qu'il n'y en a point ici bas, cessa tout-à-coup, au moment qu'on s'y attendoit le moins. Il disparut un soir cet époux adorable, & malgré toutes les perquisitions qu'on a pu faire, jamais on ne le revit; les larmes, les cris, les sanglots devinrent le partage de son illustre & chere moitié. Après avoir épuisé toutes les ressources de sa fortune & de son esprit, pour découvrir enfin le tendre objet de son amour; ses yeux s'affoiblirent, ses joues se décolorerent, & se faisant elle-même dresser un tombeau, elle y passa trois mois, ne prenant de nourriture que pour entretenir un filet de vie, afin, disoit elle, de savourer la douleur, & de jouir d'avance de sa propre mort.

Elle l'attendit dans l'unique société de deux domestiques fideles, qui la voyoient chaque jour dépérir. L'ombre trop chérie de son incomparable époux, s'offroit continuellement à son esprit. Souvent elle étendoit ses bras décharnés, croyant l'embrasser. Être éternel, dit-elle au moment d'expirer, c'est toi-même que je conjure de me faire revoir celui que tu m'avois donné; il est dans ton sein, puisqu'il est dans l'immensité.

Ce furent ses derniers mots; &, chose cruelle, dès le lendemain même son mari, ce cher mari arriva.

Sa conscience l'avoit brusquement arraché des bras de son épouse, parce qu'il se trouvoit lié par de vœux: mais ayant appris qu'elle se mouroit, il cru devoir revenir pour la rendre à la vie; il arrive, il palpite, & c'est hélas! pour ne plus trouver que son squélette. Il n'a plus la force de s'en approcher; il expire lui-même de douleur; &, dans l'intervalle de vingt-quatre heures, l'épouse & l'époux s'engloutissent dans la même fosse, ne laissant d'autre vestige de leur fin tragique & de leur singuliere union.

On éternisa cette lamentable avanture par un monument qui existe en ce lieu, & qui m'arrache des pleurs sitôt que je l'apperçois. Et voilà, mon cher Glazir, comme les biens de cette vie sont toujours suivis de grands maux.

Je retourne demain à Paris, emportant avec moi-même ce séjour enchanté, tant mon ame en est remplie! La société a répondu aux charmes du lieu. Nous nous sommes amusés sans le moindre intérêt, & c'est la bonne maniere. Je ne crois pas qu'il y ait dans l'univers une femme plus aimable qu'une Parisienne quand elle rit de bonne foi; mais c'est un hasard de la rencontrer. Les petits tons, les grands airs, le minauderies dénaturent ici le sexe qui aura toujours des adorateurs quand il voudra n'être que ce qu'il est.

Sur-tout ne donnes pas connoissance de cet article à nos femmes; elles se mettroient dans la tête que les Indiennes ne me plaisent plus. Il faut ménager leur sensibilité.

Nos Ambassadeurs sont toujours suivis par la multitude, & toujours ils donnent de notre nation l'idée la plus avantageuse : mon amour-propre en est tout gonflé. Adieu.

A Paris, 1788.

LETTRE LXXVIII.

Palmyre à Zator.

NON tu n'es point le fils d'un Indien; non tu n'es point un Indien toi-même. Il se répand dans le pays que tu projettes de ne plus revenir. Peu s'en est fallu qu'à cette terrible nouvelle je n'aie éclatté comme une tempête, & que je n'aie parcouru les mers, avec la fureur des ouragans, pour t'aller trouver. J'y ferois arrivée avec mes trois enfans, les jettant à tes pieds, & te forçant à prononcer leur sort & celui de leur mere.

Mais avant ce coup d'éclat, je veux savoir de toi-même si la nouvelle est fondée, & si enfin tu laisseras, à la merci du hasard & des évenemens, ta propre épouse & ton propre sang.

Ah! monſtre, où trouverai-je des termes aſſez puiſſans pour t'outrager & pour me ſatisfaire.

Rien de plus terrible que l'amour qui ſe tourne en fureur; & le mien deviendra pire que tout cela. Il n'aura plus de nom, & on ne lira dans aucune hiſtoire rien qui puiſſe lui reſſembler.

Ce Paris, oui ce Paris s'abîmera quelque jour, & ce ſera par la puiſſance de notre prophete. Il obtiendra du grand Seigneur qui eſt aux cieux, la deſtruction d'une ville qui raſſemble les maris les plus coupables, & les plus grands forfaits.

Ne compte jamais ſur mon pardon, ſi tu m'étois infidele. Les cieux pardonnent, mais les femmes ſe vengent & ſur-tout moi qui m'abreuve du ſang des tigres & du fiel des dragons, quand on oſe me manquer.

Ton eſclave Mirtol eſt devenu

notre tyran depuis ton abſence. Nous lui déclarons la guerre, s'il perſiſte à nous moleſter. Tout vexateur m'eſt abominable, & ſur-tout quand il n'eſt qu'un valet.

A Scheringapatnam dans l'Inde, 1788.

LETTRE LXXIX.

A Glazir.

IL n'y a pas de plus grands promeneurs que les François. Dès le matin on les trouve dans les jardins, essayant déjà leurs forces pour courir le reste du jour. Cet usage parut irriter Pierre-le-Grand lorsqu'il vint à Paris. J'accommoderois bien tous ces oisifs, dit-il au Duc d'Antin, s'ils étoient mes sujets. Les promenades publiques ne serviroient que deux heures dans la journée, & je leur apprendrois que l'homme est né pour travailler.

Les trois quarts des étrangers quitteroient la Capitale si une pareille disposition avoit lieu. Outre qu'il n'en coute rien pour se promener, & qu'on aime ici les plaisirs qu'on peut prendre gratuitement, cette récréation est aussi commode que salubre. On est dispensé, par ce moyen, de faire des connoissances, & c'est souvent un rendez-vous d'affaires encore plus que de plaisirs.

Une tante austere, qui a deux nieces extrêmement jolies, me félicitoit l'autre jour de ce que le sexe parmi nous ne se promenoit jamais en public. Depuis que je sais, me dit-elle, qu'il y a trente manieres de faire l'amour avec les yeux, je ne parois avec mes nieces que dans des lieux isolés, pour y prendre l'air seulement, & non pour regarder.

Elle me fit le récit le plus pathétique, au sujet d'une jeune personne qui avoit trompé tous ses parens en fixant seulement un trop aimable cavalier qu'elle rendit fou, de maniere qu'il vint se tuer à sa porte, & que cela fit une scene tragi-comique.

Malheureuse !

Malheureuse ! disoit-il, le seul jeu de ta prunelle cause ma mort. Ton affectation à me contempler m'a rendu ton esclave, & comme ta famille t'empêche de répondre à ma passion, je m'immole moi-même victime de tes yeux, & de ma trop grande sensibilité. C'est pourquoi les Européennes mêmes ne sortoient autrefois que voilées. Le sexe a maintenant des chapeaux qui sembleroient tenir lieu de voiles ; mais on sait les arranger de maniere que la coquetterie n'y perd rien. La célébrité que leur donne la mode en est la meilleure preuve. On raconte qu'un Prélat, illustre par ses vertus, recommanda l'usage des voiles lorsqu'on venoit au temple, & que trois femmes de qualité, en sortant de ce lieu saint, affecterent de l'aborder, & de lui dire : Eh bien, Monseigneur, malgré votre excellent sermon, nous n'en allons pas moins à visage découvert. Vous faites très-bien, Mesdames, leur répondit-il ; car, dans mon discours, je n'ai eu pour objet que les jolies femmes dont la vue peut avoir des suites funestes. Elles furent bien payées de leur prouesse, & ne reparurent plus à l'église que d'une maniere à n'être pas remarquées.

A Paris, 1788.

LETTRE LXXX.

A Glazir.

Les ſciences ſont toujours en honneur dans Paris, ſi l'on fait attention à la maniere dont on les préconiſe ; mais elles reſſemblent à de belles femmes qui ont vieilli, & qu'on ne courtiſe plus.

L'amour de l'étude eſt hors de mode depuis que le bel eſprit l'emporte ſur la ſcience. Si l'on viſite les bibliotheques, ce n'eſt que pour y chercher quelque date, pour y trouver quelqu'anecdote, pour n'y prendre enfin que des ſuperficies.

Il y a encore quelques érudits dans les cloîtres, mais en ſi petit nombre que ce n'eſt pas la peine d'en parler. J'eus une longue converſation à ce ſujet avec un ſavant Bénédictin, qui, membre d'un ordre dont la date remonte au ſixieme ſiecle, eſt un des premiers Derwis du Chriſtianiſme. Après avoir gémi ſur l'abus du tems qu'on perdoit à lire mille brochures inſipides, il me dit que les dictionnaires & les extraits avoient porté le coup le plus funeſte à l'érudition; que d'ailleurs la manie de mépriſer les religieux, malgré les ſervices qu'ils avoient rendus aux lettres par leurs études, aux différens empires par leurs défrichemens, les avoit jetés dans le découragement, & que lorſqu'on n'avoit que des railleries pour récompenſes, on n'avoit ni le goût, ni le deſir du travail.

Il m'ajouta que les jeunes gens entroient trop tôt dans le monde, & qu'à la ſortie des colleges, qui n'étoit que le moment d'apprendre, ils ſe trouvoient inveſtis de plaiſirs & de frivolités; qu'on vouloit promptement jouir d'une réputation de bel esprit, & qu'on se hâtoit en conséquence de se faire une science calquée sur les journaux, ouvrages périodiques qui rendent compte des livres nouvellement imprimés, mais qui n'en peuvent parler que superficiellement.

Des hommes érudits qui viendroient à paroître au milieu du monde, y seroient maintenant regardés comme ces personnages gothiques qu'on voit à la porte des temples, & dont l'aspect ne semble pas moins ridicule qu'effrayant.

Il finit par me dire que les romans & les mémoires tournoient maintenant tous les esprits, qu'on portoit là toute son attention, & d'autant plus mal-à-propos qu'avec les uns l'on n'apprenoit rien, & avec les autres si peu de chose que cela faisoit pitié.

par la raiſon que les anecdotes des cours n'étoient pour l'ordinaire que les intrigues & les propos de tous les ménages.

Il me montra quelques manuſcrits Arabes ſoigneuſement conſervés, & qui ſeroient en bien plus grand nombre ſi nos guerres, nos conſtitutions, notre religion nous avoient laiſſés la liberté de nous livrer à l'étude.

Il me promena dans tout ſon monaſtere de la maniere la plus engageante; il m'offrit même des rafraîchiſſemens. Je t'avoue que j'applaudis beaucoup à des inſtitutions qui perpétuent, dans des maiſons ſéparées du monde, l'amour de la ſcience & de la vertu. Il eſt fort au fait de nos coutumes & de nos mœurs.

Tu vois, mon cher Glazir, que je ſais me faufiler facilement, & que réellement le François reçoit l'étranger à cœur ouvert; mais il ne faut pas aller avec lui comme y vont les Anglois, qui, toujours défians, craignent de se livrer, & prennent toutes les politesses qu'on leur fait, ou pour choses dues, ou pour des piéges.

A Paris, 1788.

Fin du premier volume.

www.ingramcontent.com/pod-product-compliance
Lightning Source LLC
LaVergne TN
LVHW020559110826
845149LV00002B/320
9782014522228